REVERSE

リバース

石田衣良

集英社文庫

REVERSE

リバース

♥

丹野千晶《たんのちあき》が朝目覚めて最初にするのは、ノートパソコンの電源をいれることだった。

それは氷水のような雨が降る一月の暗い朝でも、うんざりするような日ざしが照りつける八月のまぶしい朝でも変わらなかった。だが、今朝は風薫る五月。一年で一番気持ちのいい季節であるうえ、待ち望んだメールがきているかもしれない。自然に鼻歌がでてしまうのもあたりまえだった。

パソコンが立ちあがるあいだ、千晶はクロワッサンをトースターにいれ、湯をわかした。コーヒーは通販で買っているつかい捨てのドリップ式だ。ネットで検索した十数社のコーヒーを取り寄せ、好みの銘柄を探したのである。ヴァレーズの深焙煎特濃。朝はこれでなければ、もう調子がでないくらいだ。ひとり暮らしの丸テーブルに、新聞を広げた。とくに経済面はしっかりと読む。千晶の仕事には、国際政治の状況や為替相場が微妙にからんでくるのだ。

女がひとり、都会の真ん中で暮らしを立てるのだ。自慢の部屋は恵比寿駅から歩いて六分の好立地だった。そこそこではなく、うんとがんばらなければならない。千晶の恐怖は仕事をうしない、千葉市にある実家に帰ることである。そこには地方公務員の父と専業主婦の母から、結婚はいつか、孫はまだかと毎日のように催促される面倒な暮らしが待っている。

コーヒーにひたしたクロワッサンを口に押しこんで、壁際の机にむかった。ノートパソコンの液晶ディスプレイは、ぎっしりとアイコンを浮かべている。壁紙は一枚のみずみずしい若葉だった。葉脈が透けて、きらきらと光をこぼしている。

胸が高鳴ったが、ゆっくりとマウスを動かし、メールソフトを開いた。新しいメールの着信を知らせるチャイムが、パソコンのちいさなスピーカーから響いた。キリコからのメールだ。送信時間は深夜の二時すこしまえだった。

アキヒトさん、おはよう。
今日はいよいよ新ブランドのプレゼンだね。
のびのびとがんばってください。
シチズン・オブ・フリーダムは、
きっと日本でもブレイクするよ。

結果がわかったら、知らせてね。
ではでは、プレゼンの幸運を祈って一本締め。
いよー、ぱんっ。(拍手&フェイドアウト……笑)

千晶はため息をついた。キリコはなぜこんなにかわいくて、やさしいのだろうか。深夜におよぶ残業を終えて帰宅してから、応援メールを送ってくれるのだ。同じ女でも、ビジネスばかりの自分とは大違いである。こんなふうなら、きっと女性としての幸せをつかむのもたやすいことだろう。
それがネットのなかでは男性を装っている自分と、なぜかどんぴしゃでウマがあってしまったのだ。もうしわけない気もちでいっぱいになる。壁の時計を見た。まだ数分なら時間がある。パジャマの袖を腕まくりして、キーボードにむかった。

キリコさん、おはよう。
毎晩遅くまで、ご苦労さま。
新しいサイトの企画、たいへんだね。
ぼくのほうなら、心配はいらない。
シチズン・オブ・フリーダムはセンスもいいし、

企業としての考えもしっかりしている。社長にはしっかりイエスといわせるさ。
ずいぶん相談にのってもらったから、
プレゼンが成功したら、真っ先に報告します。じゃあ。

妙に爽《さわ》やかな好青年を演じてしまった自分が、すこしだけ恥ずかしかった。だが、同時に異性の役になりきるという不思議なおもしろさを感じるのだ。これだからネットでの性転換はやめられない。ホルモン注射にさまざまな人体改造手術。リアルな世界でならひどく面倒で一大決心が必要なことでも、ネットなら指先一本ですむ。

千晶は微笑《ほほえ》んで、ノートパソコンを閉じた。実生活でつきあうのは男性で、同性に興味はなかった。けれどもネットのなかでは、キリコとのやりとりに満足しているし、ときにときめいてしまうこともある。まあ、実際には決して会うことはないのだから、これでいいだろう。

洗面所に移動して、顔を洗った。毛穴がゆるんでしまうのが嫌で、千晶は決して洗顔にお湯をつかわない。この季節は水道から流れる水だって、ちょうどいい爽快な冷たさだった。さて、今日はプレゼンである。勝負服の黒いジル・サンダーのパンツスーツは、昨夜のうちにクローゼットからだして、ブラシをかけてある。

今のところ、この服の勝率は三勝一敗の七割五分だった。悪くない数字だ。

♠

大久保秀紀《おおくぼひでき》はいつも目覚めが悪かった。

まして深夜帰宅が一週間も続けば、朝が不機嫌なのもしかたない。仕事はあるのだが、朝十時に起きだして、寝ぼけたままベッドのうえでTシャツの腹をかいた。どうもトランクスのゴムがきついらしい。赤く残った跡がひどくかゆい。

「おにいちゃん、朝ごはん早くしろって、おかあさんが怒ってるよ」

ドアから顔をのぞかせたのは、大学生の妹・香澄《かすみ》である。秀紀の部屋は六階建てのペンシルビルの最上階だった。したの永代通りから車の音がきこえてきた。実家の和菓子屋「富船《とみふね》」は長男の芳樹《よしき》がついでいる。

秀紀は寝起きのまま、のそのそと外階段をおりた。エレベーターはつかわない。商売がうまくいかなくなった場合を考えて、両親はうえの部屋を賃貸仕様につくっていた。おかげでプライバシーは万全だが、食事のたびに階段をのぼりおりしなければならなかった。

一階が店舗で、二階が甘味屋、居間は三階だった。誰もいない食卓は見事なカリンの座卓である。納豆にアジの干物に絹さやのみそ汁。いつもながらニッポンの朝食だ。干物の身をほぐしながら考えたのは、アキヒトのことだった。

東京の由緒ある下町、深川に生まれて二十九年。なぜか秀紀は女性と縁がなかった。何度かつきあったこともあるのだが、いつも緊張しすぎてうまくいかないのだ。仕事はホームページの企画とデザインなので、あまり会社からでることもない。女性社員はほとんどが自分と同じオタクのにおいがして、異性として見ることができなかった。ガビーンとかボギャーとか、擬音語満載でしゃべる相手とはとてもつきあう気にはならない。ヴィレッジゲートに最初に女性名で登録したのは、ほんの遊び心だった。そこは新進のソーシャル・ネットワーキング・サービスで、匿名性も低く、そこそこは安心して利用することができる。女性名で入会すればちやほやされて、いろいろな情報を入手したり、気軽なコミュニケーションが可能になるかもしれない。その程度の軽い気もちだったのである。

だが、あれこれとメールのやりとりをするうちに、なぜか話のあう相手が見つかってしまった。しかも相手は男だ。秀紀は同性愛に偏見はないつもりだった。もちろん自分がゲイでないことは、街でかわいい女の子を見かけるたびに納得している。

それでも、アキヒトはすごくいいやつなのだ。仕事には一生懸命で、自分にはないセンスがある。会うことさえなければ問題はないが、この先どうしたものだろうか。考えるのが面倒になった秀紀は、冷めたみそ汁をごはんにかけて、ざぶざぶと腹に流しこんだ。

♥

春の朝、駅までの六分間を千晶は颯爽《さっそう》と歩いた。恵比寿の周辺は都心でも緑が多く、しゃれたデザインの邸宅が続いていた。いつかこのあたりに土地を買って、ちいさくてもいいから思いどおりの家を建てる。それが千晶のひそかな夢だった。

途中のドラッグストアで思いついて、一本千円の栄養ドリンクを買ってみる。店先でのどを鳴らしてのみ切った。なぜこういうときは腰に手をあててしまうのだろう。ネットで男役を演じているので、だんだんと自分のキャラクターが男性化しているのかもしれない。

栄養ドリンクには微量だがアルコールがはいっていた。食道から胃にかけてかっと熱くなる。さて、今日もひと仕事がんばろう。千晶はプレゼン資料のはいったショルダーバッグをしっかりと抱え、ラッシュアワーのすぎた駅にむかった。

といっても、山手線にのるのはほんの二、三分ほどのことである。千晶の勤めるセブンシップスは、となりの渋谷駅にあるのだ。ドアトゥドアで三十分とはかからないが、南平台《なんぺいだい》にある本社までは駅から歩いて十五分を要する。通勤はほとんど徒歩ばかりなのだ。深夜残業のときはタクシー代も安く、すぐに着くので便利だったが、駅から会社までの距離はどうにかならないかと思うこともあった。雨の日はパンツの裾がひどいことになる。

セブンシップスはファッション関係の輸入商社だった。海外のファッションメーカーのなかでも、日本法人をもつまでもないような中小のブランドを多数抱えている。千晶の仕事はブランドのマネージメント業務である。友人たちはサンプルの服が手にはいってうらやましいという。イメージのうえでは見栄えのいい仕事のようだ。

けれど、相手は予算のすくないブランドばかりだった。雑誌やテレビでのPR活動、広告の企画とチェック、各店舗の視察、海外からやってくるわがままなデザイナーや重役たちのお守りと、なんでもひとりでこなさなければならなかった。欧米の会社はビジネスに関しては実利的でクールである。千晶の仕事が予想をうわまわって成功すれば、すぐに日本法人を立ちあげ、輸入代理店の契約を打ち切ってくるのだ。そうやってセブンシップスから逃げていったブランドが毎年のようにあった。

引きとめ対策に効果がないとすれば、勢い新規開拓に走るしかなかった。そこで千晶は友人のバイヤーやスタイリストに網を張った。ヨーロッパやアメリカで新しいショップがオープンしたときけば、すぐに飛んでいくことになる。

中学生のころからブリティッシュロックが好きだった千晶は、大学時代に一年間ロンドンに語学留学している。英語は特別にうまいというわけではないが、それほど困難でもなかった。よくわからない専門用語だって、ほとんどは笑顔と度胸でのり越えられるのだ。

セルリアンタワーの裏を抜けて、静かな住宅街をすすんだ。コンクリート打ち放しの角ばった要塞のような建物が見えてくる。セブンシップスの本社屋だ。世界的に有名な日本人建築家の作品だという。その建築家が社長の友人なので、社内ではつかいにくい建物の悪口は厳禁だった。冬はひどく室内が寒々とするのだが、建築自体がアートでは我慢するしかなかった。千晶はアートのためには、少々のやせ我慢が必要と割り切れるタイプの人間だ。

ショーウインドウには、取り扱い中のブランドの服が一体ずつトルソに飾られていた。ここにシチズン・オブ・フリーダムをひとつ加えるのだ。取り扱いブランドを増やすには、社内選考で勝ち抜く必要がある。社長をはじめとするお偉方《えらがた》にしっかりとプレゼンしなければならない。

千晶はショーウインドウの隅におかれた実物大のトラの縫いぐるみに目をやった。なぜかしらないが、このあたりの店には動物の縫いぐるみを飾っているところが多かった。センスが古いし、まるでかわいくないのだけれど。

♠

朝食を終えた秀紀は座卓にむかい、ゆっくりと新聞を読んだ。テレビでは奥様むけのワイドショーが続いている。よくもこうして毎日事件が起きるものだ。近寄って注意すればそれぞれ別な出来事でも、離れて見ると同じ事件の繰り返しにしか見えなかった。目のまえを意味もなく無数の事件や情報が砂時計の砂のように流れていく。ネット企業に就職してから、とくに時間のすぎるのが早くなったようだった。一週間が一日で、春夏秋冬がひと月ずつ切り替わっていく印象である。座卓のむこうに妹の香澄が座りこんだ。

「ねえ、よろこびデザインって、どういう会社」

自分のつとめる会社など、複雑すぎてとてもひと言ではこたえられなかった。一度でも会社という謎のなかで働いたことのある人間ならみな同じだろう。秀紀は意味のない返事をした。

「人づかいが荒い会社」

「それはわかってるけど、美里《みさと》が就職の希望先にしてるんだ。もうちょっと教えてよ」

山下《やました》美里は香澄の友人である。大学生も三年生になったばかりで、もう就職活動がたいへんらしい。

「おれの生活をみてればわかるだろう。終電、終電、徹夜、たまにのみ会。給料だって特別に高いことはないし。胸を張って若い女の子にすすめられるような会社じゃないよ」

日本のIT企業の多くはアメリカ型の経営方針だった。現場の社員の給料は低く抑えられている。ただアメリカでは平社員は定時で帰るが、日本ではむやみに残業をしている。どこが先進的な経営なのか、秀紀にはよくわからなかった。結局その他大勢の日本企業と同じで、現場の人間の無理によって会社は成り立っているのだ。香澄はまだ学生なので、ぴんとこないようだ。

「美里はIT系が志望なんだ。おにいちゃんの会社って、社員の平均年齢が二十八歳くらいなんでしょう」

「まあね」

キー局のアナウンサーと結婚したばかりの社長が三十四歳である。考えてみると職場にはほとんど三十代以上の人間はいなかった。

「業績だって順調に伸びてるし、若くて勢いがある会社なんでしょ」

「うーん、そうなのかな」

確かに数字でいえば、香澄のいうとおりである。だが、外側から見るのとなかで働くのはいつの場合も大違いだった。

「じゃあ、今度さ、美里と会って、よろこびデザインの話をきかせてあげてくれない」

香澄は雨乞いでもするように両手をあわせ、うわ目づかいで見つめてきた。秀紀は年の離れた妹のお願い攻撃には、子どものころから弱かった。お願い、そのケーキ、ひと口ちょうだい。お願い、宿題ちょっと手伝って。

「わかったよ。じゃあ、今の仕事の山を越えたら」

何度かこの家にもきているはずだが、秀紀は山下美里の顔をよく覚えていなかった。香澄はバンザイするように腕をあげていった。

「わーい、ありがとう。ついでに会社訪問もさせてあげてね。美里はうちの学校の準ミスキャンパスなんだよ。かわいくて有名だから、会社の人もみんなよろこぶと思う」

急に気分が重くなった。トランクスのゴムの跡がかゆくなってくる。秀紀は美しい女性、かわいい女子がひどく苦手だ。緊張で心も身体もぎくしゃくしてしまう。

どうして世の中の若い人間たちは、あれほど面倒な男女交際というものをむやみに希望するのだろうか。どの雑誌でも、こうすればもてるとか、新しい出会いをつくれるとかいう、不気味な特集ばかりだった。日本人の多くは恋愛中毒症にかかっている。それが一日十二時間近くディスプレイのまえに座っているウェブデザイナー兼ホームページ企画担当者の考えだった。秀紀はほうじ茶をすすりながら、テレビに目をやった。痴情のもつれから、元交際相手の女性を刺殺。全身二十数カ所をめった刺し。

いっそのことこの星から、恋愛など消えてしまえばいいのに。

今度、アキヒトにきいてみることにしよう。

♥

「おはよう、千晶さん」

ふたつ年下の森尾真貴子《もりおまきこ》が声をかけてきた。ブランドマネージメント部は各人が独立したプレーヤーなので、上下の関係はゆるかった。けれど、真貴子は千晶のことを慕ってくるかわいい後輩である。

「マッキー、今日もメイクに気合はいってるねえ」

「そういう千晶さんこそ、いつもよりぜんぜんフルメイクじゃないですか。今日は社長プレですもんね」

千晶の化粧は毎朝ほとんど十分台で終了することが多かった。しかし、確かに今朝はちょっと違う。化粧をするというより、鎧《よろい》を着る気分だった。相手にすきは見せられない。朝十時をすこしすぎたところだが、オフィスには半分も社員がきていなかった。この会社は自分の仕事さえしっかりしておけば、あまり遅刻にはうるさくない。

窓のむこうに旧山手通りの新緑の木々が見えた。天気もいいし、プレゼンが無事終了したら、代官山へでもお茶をしにいこう。今回のプレゼンのために三週間も資料を集めて、企画書をつくりあげたのである。マッキーを誘ってもいいかもしれない。キリコのことを相談したら、おかしな顔をされるだろうか。ネットおなべ。性をいつわってメル友をつくる自分は、良識ある人からそんなふうにうしろ指をさされるのかもしれない。

「そういえば、千晶さん。わたし一昨日、社長と話したんです」

ぼんやりしたまま千晶はこたえた。

「へえ、なにを」

「ジェームズさんがいったんです。シチズン・オブ・フリーダムってよくしらないけど、どんなブランドなんだって」

これから最終プレゼンを迎えるブランド名をきいて、千晶の頭が急回転を始めた。ジェームズといっても、社長は純粋な日本人だった。ジェームズ木原《きはら》は小太りで、額もだいぶ後退している。ちょいワルおやじどころか、典型的な日本男性の中年体型である。

「マッキー、なんていったの」

真貴子はにっこりと笑っていった。

「今日のランチおごってくれますか」

かわいいだけでなく、しっかりしたところもこの後輩の魅力だった。

「わかった。なんでもおごるから。ちゃんといい話をしてくれたんでしょうね」

「お昼はフレンチにしようかな、叙々苑で焼肉がいいかな」

通りのむかいにある焼肉屋の名前をあげた。

「なんでも、いいから」

もったいぶって、真貴子はいった。

「シチズン・オブ・フリーダムは西海岸でも、環境意識と収入の高い知的な階層の人たちに支持されています。いくらファッションとはいえ、ただカッコいいとか、おしゃれなだけでは済まされない時代になっています。きっと日本の女性にも人気になりますよ。社長にはそういっておきました」

千晶は真貴子の肩をぽんとたたいた。

「グッドジョブ」

「もう痛いなあ。千晶さんは手がおおきいんですから、気をつけてください」

はいはいとうなずいて、千晶は頭のなかにはいっているブランドのプロフィールを確認した。シチズン・オブ・フリーダムの創始者は、フランス系アメリカ人、ジャン・リュック・デュフォールである。デザイナーというより大学で研究でもしている学者のような思慮深そうな顔をした男性だった。ファッション業界のつねで、噂《うわさ》ではゲイであるようだ。

このブランドのジーンズは、きちんと人間的な労働条件を守ったコットン農園の綿を使用し、化学染料ではなく天然の藍で染めあげていた。低賃金の長時間労働、奴隷制のような仕事を強制されている人が途上国にはたくさんいる。

だが、シチズン・オブ・フリーダムは環境と人道において、ベストの選択をしたジーンズなのだ。もちろんカットも縫製も素晴らしい。その結果、一本が三万円を超える高級品になるのだが、ファッション性だけではなく企業のコンセプトに賛成して、おしゃれなデザイナージーンズを買ってくれる女性もたくさんいるはずだと千晶は考えていた。ブランドマネージャーになりたいくらい惚《ほ》れこんでいるのだから、千晶自身も十本近く買いこんでいる。

「マッキーもほんとうに、そう思う？」

真貴子は自分の腰骨をたたいていった。

「わたしも一本買いましたから。千晶さん、がんばって」

「もう、ランチに生ビールつけちゃう」

千晶はそういって、真貴子に飛びついた。

♠

朝食を終えても、秀紀はのろのろしていた。どうにも出社する気分になれないのだ。

もうすぐ十一時になるが、いったん会社にいってしまえば、また真夜中まで一歩もオフィスをでることはないだろう。

地上六階の窓を開いた。春の空はのんびりと晴れて、輪郭《りんかく》の定かでない雲を浮かべている。こんな日に一日中室内にこもり、ディスプレイのなかの作業に集中するのがひどくバカらしかった。今日は会社をサボって、このまま部屋でごろごろしようか。有給休暇なら山のように溜《た》まっていた。あるいは久しぶりに秋葉原探検にいってみるのも楽しいかもしれない。新しいゲームやソフト、アニメにコミックス。自分ではオタクではないと思っていたが、秀紀の大好物は世界一の電脳街に集まるくすんだファッションの男たちと同じである。

床に寝そべって、ぽりぽりとトランクスのゴムの跡をかく。そこで、今とりかかっているプロジェクトを思いだした。ネットウォーカーは新しいタイプのショッピングサイトである。３Ｄのデジタルアニメーションでつくられた仮想ショッピングモールを散策しながら、好きな商品を探すのだ。この先もまだ膨大な量のページを仕上げなければならない。ＣＧと通常の買いもののページの馴染《なじ》ませかたがむずかしいのだ。落差はしかたないが、とたんにチープに見えてしまうのはなんとかして避けたい。

納期まであと二週間しかなかった。秀紀は心臓が縮む気分だった。作業量はざっと見積もってひと月分はあるだろう。火事場のバカ力でなんとかするしかない分量である。

チームの誰ひとり欠けても、納期を守るのはむずかしいだろう。自分がいかなければ、いっしょに仕事をしている仲間に迷惑がかかる。

秀紀は四角いアルミサッシで切りとられた春の空を見あげた。自分はやはり日本人なのだと、ため息とともに思う。肩こりと腰の痛みは、朝目覚めたときから変わらなかった。身体のなかに暗い霧でもかかっているようだ。これがまだ二十代の肉体なのだろうか。秀紀は仕事でほとんど立ちあがることもなく、毎日十数時間もディスプレイに張りついている。身体が悲鳴をあげないはずがなかった。だが、個人の苦痛よりも周囲の人間へ迷惑をかけることのほうがずっと心苦しい。典型的な日本人である。

今日はもうのんびりと空を見ることなどないに違いない。つぎに見るのはくたくたに疲れた帰り道、星のない妙に明るい東京の夜空のはずだ。秀紀は病人のように起きあがり、ベッドのうえに投げられた昨日のジーンズに手を伸ばした。

シチズン・オブ・フリーダムのダメージジーンズだった。アキヒトに教えられて直輸入している店を探して購入したものだ。確かに素晴らしいはき心地で、わずかだが足が長く見えるのだった。会社の女性たちにも評判は悪くない。秀紀はコットン農園で炎天下に働く労働者のことを想像した。自分の職場とヒューマンだというこのブランドの契約農園。どちらがより厳しい労働環境なのだろうか。

ジーンズのボタンをとめながら、秀紀は深くため息をついた。

「最後にひと言よろしいでしょうか」

バルコニーを背にしたホワイトボードのまえに、千晶は立っていた。窓のむこうは、遅い春の鮮やかな緑である。会議室のテーブルでは八人のお偉方がもっともらしい顔をして座っていた。だが、このなかで問題になるのはひとりきりだった。社長のジェームズ木原である。テレビのワイドショーなどでいつもふざけたファッションチェックをしているこの小太りの男が、プレゼンの成否をにぎっているのだ。服飾系の会社によくあることだが、セブンシップスもワンマン経営だった。あとはほとんどがおしゃれな格好をしたセンスのいいイエスマンにすぎない。

「シチズン・オブ・フリーダムを当社であつかう意義について、もう一度お考え願いたいんです。ファッションはもはや人の外見を飾るだけのものではなく、モラルや文化を発信する重要な指標にもなっています。これは世界的な流れで、さらに加速していくことでしょう。うちのように絶対的に強いブランドをもっているわけでもない会社は、時代の変化の一歩先をいかなければいけません。環境負荷が低く、人道的にも問題がすくない。そういうファッションがセクシーだといわれるときが、もうすぐ日本にもやってきます。ぜひ、うちの看板ブランドとして、シチズン・オブ・フリーダムをあつかわせてください」

進行役の事業部長がいった。

「なかなか力のはいったプレゼンでした。なにか質問のあるかたはいらっしゃいますか」

ゆっくりと深呼吸をして、千晶は会議室を見わたした。ぱらぱらと資料をめくる者、小声で話しあっている者。半数以上はジェームズ木原が、最初になにをいうか注目しているのだった。副社長の広永美奈子《ひろながみなこ》が発言を求めた。

「丹野さんはロベルト・カルドーソとジニーズ、あとはアンディ・クワンとみっつのブランドを抱えていますね。さらにもうひとつ増やして、仕事のほうはだいじょうぶなの」

広永はかつて社長のお手つきだったという噂もある四十代なかばの美人である。ちょっとやせぎすで、部下に厳しすぎるのが痛々しいが、セブンシップスの実務を取り仕切る実力者だ。残念なことに千晶とはなぜかウマがあわなかった。胃が縮むような思いで千晶はいった。

「いそがしいのは確かですが、なんとかします」

副社長が目を細めて千晶を見ていた。どうやらいい獲物を発見したようだ。

「あなたから数カ月まえに増員要請がでていますね」

「……はい」

この半年ほど千晶は殺人的ないそがしさに追われていた。連日ほぼ終電帰りが続いたのである。要請は事務処理のためにヘルプをひとりつけてほしいという内容だった。

「わたしはこのブランドはとてもおもしろいと思う。でも、あなたはすでにオーバーワークよ。シチズン・オブ・フリーダムを新規であつかうというなら、今までのものをひとつ手放したらどうかしら。ロベルト・カルドーソとか」

それはスペインのリゾートファッションのブランドだった。千晶がもっている三本のなかで一番いい数字をだしてくれる柱だ。さすがに副社長は嫌なところをついてくる。増員要請は広永のところでとめられていた。立派な成績をあげても、まだ二十代の女性社員に部下をもたせたことはない。副社長自身も若いころはひどく働きづめで、過労で倒れたこともあると噂できいていた。

「それは勘弁してください。うちとロベルトは現在、非常にうまくいっています」

社長のジェームズ木原は会議テーブルのうえに広げられたシチズン・オブ・フリーダムのジーンズを確かめていた。千晶の私物である。コットンの手ざわりと発色の具合を見て、裏返して縫製をチェックする。

「なかなかいいわねえ、このジーンズ」

　女言葉で話す男は、半分はゲイで残り半分はひどい女たらしである。ジェームズ木原は後者のほうだ。小太りの元デザイナーは、淡いオレンジのサングラスをかけていた。派手な色のメガネがトレードマークなのだ。

「ねえ、美奈子さん。わたし、このブランドはとてもいいと思うの。それにね、千晶ちゃんもすごくがんばってくれている」

　ジェームズ木原がにこにこしながら、千晶のほうを見ていた。やさしい言葉づかいとは裏腹に、まったく内心を読ませない人だった。

「やっぱりブランドをあつかう人は、心底そのブランドに惚れこんでいないといけないと思う。ここは千晶ちゃんにまかせてみない。ねえ、みんな」

　おしゃれなイエスマンが、いっせいにうなずいた。広永が不服そうにいう。

「丹野さんは四本のブランドを抱えることになります。ひとりだけで仕事のほうはまわせるでしょうか。ミスが起きたら、たいへんなことになります」

　小太りの中年男は、ジーンズのヒップのあたりをなでていた。副社長に困った顔をしてみせる。なかなかの演技派だった。

「じゃあ、こうしましょう。シチズン・オブ・フリーダムを軌道にのせるまで、臨時で千晶ちゃんのしたに人をひとりつける。もちろん、うまくいかなかったらその人ははずせばいいしね」

そのひと言で、プレゼンの結果は決定した。千晶はその場で跳びあがりたいほどうれしかった。ひとりヘルプもつきそうで、おまけのプラスもあった。だが、なるべく顔にはよろこびをださないように努力した。広永が厳しい顔でにらんでいたからである。

「最後にもうひとついいかしら。千晶ちゃん、確かにモラルとか文化とかは、ファッションをあつかう人にはとても大切よ。でもね、それはきちんと利益をあげた人のいうことなの。数字がだせなくちゃ、絵に描いた餅よ。シチズン・オブ・フリーダム、ちゃんと売ってね」

そのとおりである。仕事であるからには、結果がなにより重要だった。

「はい、わかりました。みなさん、ご清聴ありがとうございました」

千晶は勢いよく頭をさげて、会議室をでていった。

♠

秀紀は十一時すぎに自宅をでた。永代通りをぶらぶらと木場にむかう。このあたりは江戸時代から栄えた下町だった。今は通りの両側にマンションが建ちならび、江戸の面影はないが、ただひとつ当時を思わせるものが残っていた。

細かな水路である。秀紀は汐見橋をわたり、堀を一本越えた。水は緑色に濁り、別な掘割に続いている。ほとんど流れはなかった。このあたりは四方八方に掘割がめぐらされ、江戸時代は幹線道路のように運搬船がいきかっていたのだ。

木場駅で東西線にのり、日本橋で銀座線にのり換える。目的地の新橋までは、ほんの十五分ほどだった。シチズン・オブ・フリーダムのジーンズのうえは、秋葉原でパソコンを買ったときにもらったノベルティのTシャツである。打ちあわせでよその会社にでかけるときは、ロッカーのなかに紺のスーツがいれっ放しになっていた。

昼まえの地下鉄は空《す》いていた。秀紀は車内でのんびりと新聞を読んだ。また昨日と同じ今日が始まったのだ。自分の生活にはなにひとつ新しいことなどなかった。その点ではアキヒトをうらやましく感じる。惚れこんだブランドをきちんと仕事にできるのだ。プレゼンの結果はわからないが、そういうチャレンジができるだけでも、秀紀よりは恵まれているはずだった。

銀座線のすすけた構内をでて、新橋駅の南口へあがった。駅まえには細かな雑居ビルがすきまなくならんで、汐留の再開発地区はここからではまるで目にはいらない。早めの昼食にでた会社員といっしょに信号待ちをして、秀紀はいきつけのコンビニにむかった。正午についたのでは、ランチにでかける時間はない。すぐに今日のノルマにとりかからなければならないのだ。

秀紀がコンビニの売り場で、夕食用のヘルシー豚シャブ弁当に手を伸ばしたときだった。肩をたたかれ、声がかかった。

「よう、あの合コンの子どうなった」

振りむくと、よろこびデザインイチのイケメンがにやにやしながら立っていた。小泉慶太《こいずみけいた》はホームページの企画担当だった。秀紀のような作業部隊とは違って、優雅なコンセプターである。紺のブレザーの金ボタンが嫌味なくらい光っていた。ストライプのボタンダウンシャツにも、ぴしゃりとアイロンがあたっている。同じ年なのになぜこうもスタイルが違うのだろうか。背は中背の秀紀よりも十センチは高く、顔はふたまわりもちいさい。豚シャブ弁当をもったまま、しばらくフリーズしてしまった。

「だから、あの合コンの子だって。恵美《えみ》ちゃんていったっけ」

秀紀は弁当を落としそうになった。恵美は別れた彼女と同じ名前で、めずらしいことに漢字までいっしょだったのだ。

「別になにもないよ」

慶太は爽やかに笑った。これでは多くの女がだまされるのも無理ないだろう。人の顔には性格など映らない。

「だって秀紀はメアド交換してただろう。もう二週間になるのに、メールひとつ打ってないのか」

なぜこの手の男は、人を恋愛方面に無理してプッシュしようとするのだろうか。セクハラではなく、ラブハラである。秀紀は不機嫌にうなずいて、コンビニのレジに移動した。昼休みが近いので、かなりの行列だった。慶太も同じ弁当をもってうしろについた。

「せっかく合コンに誘ったのに、それじゃあやりがいがないな。あのとき、こっちはかなり秀紀を援護してやったのに」

確かにそのとおりだった。秀紀の仕事のいいところや、実家である老舗《しにせ》の和菓子屋の話を、百二十パーセント増しであれこれと女の子たちのまえで話してくれたのだ。

「わかってるけどさ……」

合コンにきていた恵美は、すこし癖のある女性だった。このところ急速に数を増やしている女オタクである。仕事柄ネットやデジタル関連の話ばかりしている秀紀には、似たような趣味の女性は避けたい気もちがある。慶太は無邪気にいった。

「あの子は地味なファッションだったけど、スタイルは一番よかったぞ。秀紀はあの胸と足を見なかったのか」

見ていた。人にいばれることではないが、しっかりとチェックしていた。秀紀はなかなか女性とつきあわない男のつねで、やたらと相手を観察して採点する悪い癖がある。

恵美の胸は七十五点、足は八十点である。

「よかったとは思うよ。でも、今は誰かとつきあう気分じゃないんだ」

慶太がため息をついた。

「どうしてだ。もう二年近く、彼女はいないんだろう」

秀紀はうなずいた。理由はいいたくない。元カノの恵美とはネットで出会い、すぐにつきあい始めた。そこは五〇年代アメリカ黄金期のSFファンサイトで、そんなところにやってくる女性はめずらしかったのだ。いつのまにかメールをやりとりするようになり、オフラインでデートした。秀紀はオフラインでネットの友人と会うのは、そのときが初めてだった。ふざけて、慶太にいう。

「こっちはまだ傷心なんだよ」

誰もが電子レンジをつかうため、レジはじりじりとしかすすまなかった。恵美は大学時代にミステリーとSFのサークルにはいっていたらしい。それほど美人ではなかったが、雰囲気のいい女性だった。秀紀はきちんと大切にしようと思ったのだが、彼女は積極的だった。最初のデートではっきりといわれたのである。わたしと試してみない。きちんとつきあうまえに、身体の相性を確かめておくのは大切なことだから。男子校育ちの秀紀には驚愕《きょうがく》の言葉である。ぼんやりしていると、慶太がいった。

「だからさ、そういうセンチメンタルな気もちってのは、つぎの相手をつくればすぐにすっきりするって。あれこれ昔の女のことなんか考えてるからダメなんだ。むこうはもうほかに男をつくってるんだろ」

「まあな」

恵美の誘いを断ることはできなかった。同じ立場になれば、地球上の男性の九十七パーセントは自分と同じようにするだろう。秀紀は恵美と試してみた。というよりも、彼女に試された。

結果はそう悪くなかったようである。ふたりはつきあうことにしたのだから。

「だけど、そんなに傷が残ってるってことは、よほどひどい振られかたをしたんだろうな」

背の高い慶太がうえから見おろすようにいった。秀紀はむっとしたが、きこえない振りをして無視した。この男は仕事はそれほどでもないのに、男女のことになると妙に鋭いところがある。

実際には、秀紀と恵美の交際期間は、五カ月半だった。恵美は隠していたが、ほかにも複数の男と同時進行でつきあっていたらしい。趣味系のサイトでは、ものによってはほとんど女性の存在しないところがある。恵美はその手のサイトをめぐっては、男を拾っていたらしい。なぜそんなことをするんだと、涙ぐんだ秀紀がきいたとき、恵美は悪びれずにこたえた。

「わたしはそんなにきれいじゃないし、目立つようなスタイルでもない。男の人にちやほやされて、もてる経験をしてみたかった」

秀紀にもその気もちはよくわかった。高校時代には自分だって、そんなことばかり考えていた。本来なら責めるべき相手の心に共感してしまう。秀紀はそれで、恵美との別れを決めたのだった。

♥

焼肉屋のテーブルには、びっしりと小鉢が並んでいた。この店の高価なランチメニューには、たっぷりと前菜がついてくる。体調のいいときでないと、メインの焼肉にたどりつくまえに、お腹がいっぱいになってしまう。千晶はキムチソースのかかった韓国風冷奴を箸の先で崩した。

「こんなごちそうしてもらって、ありがとうございます」

後輩の森尾真貴子が生ビールのグラスをあげた。千晶もグラスを手にする。

「さすが千晶さんですね。シチズン・オブ・フリーダムのプレゼン成功、おめでとうございます」

澄んだ音が鳴り、グラスが重なった。仕事中にのむ昼間のビールは、見たとおり黄金ののみものである。これほど身体にしみるものはない。千晶はぼんやりと考えていた。会社にもどったら、あのブランドのデザイナー、ジャン・リュック・デュフォールにメールを打たなければいけない。きっとよろこんでくれることだろう。

雑誌や新聞の知人たちに案内をだして、近日中にお披露目の記者会見やパーティーをしよう。スタイリストやカメラマンにも、リリースを流そう。これからは毎日が、新ブランド導入のカウントダウンになるのだ。殺人的ないそがしさになるのは目に見えている。

千晶はそこで、社長との約束を思いだした。臨時でひとり、自分のしたにアシスタントをつけてくれるというジェームズ木原の言葉である。目のまえでうまそうに生ビールをのんでいる真貴子を見つめた。つかえない男性社員よりも、この子のほうがずっといいかもしれない。

「ねえ、マッキー」

エビとタン塩を焼き網にのせながら、真貴子が不思議そうに見あげてきた。

「あのさ、いつまでも業務補助じゃなくて、きちんとブランドの管理や立ちあげをやってみない」

真貴子は女子大をでてから、ずっとこのセブンシップスにいる。英語は苦手だし、ファッションのことはよくわからない。五年間コピーとりやトラフィックの仕事をしてきたのだ。

「わたし、マッキーならできると思う。今度ね、四本のブランドを抱えることになるから、ひとりアシスタントをつけてもらえそうなんだ。そのときにマッキーの名前をだしてもいいかな。わたしといっしょに社長の取り巻き連中をぎゃふんっていわせようよ」

焼肉の網から煙があがっていた。カルビと牛タンがすこし焦げ加減なのだ。千晶は肉を真貴子の小皿においていった。

「マッキー、どんどんたべないと真っ黒になっちゃうよ」

新しくロースを網にならべる。三十歳をまえにして、千晶はさしがたっぷりはいった上カルビを少々重く感じるようになっていた。テーブルのむかいから異様な声がする。

「千晶さーん……わたし……ウエッ、ウエッ……」

あわてて焼き網から顔をあげると、真貴子がぽろぽろと涙を落としていた。マスカラが溶けだして灰色の筋が頬に走っている。せっかくの化粧が台無しだった。

「マッキー、どうしたの。ほら、おしぼり」

真貴子はひくひくと肩でしゃくりあげながらいった。

「わたし、この会社に五年もいるけど、そんなにやさしいことといってくれたの、千晶先輩が初めてです」

「そう……」

言葉がなかった。いきなりランチタイムの焼肉屋で泣きだすなんて、びっくりしてしまう。周囲のテーブルから好奇の視線が集中しているのだが、真貴子は涙を隠さなかった。

「事務の補助なんて、ほんとに誰でもできる仕事ばかりで、わたしはずっと便利につかわれてきました。いいアイディアを思いついても、お手伝いの女の子のいうことなんて、誰もきいてくれないし。いつも千晶さんみたいになれたらいいなって思っていた。ずっとくやしかったんです」

うなずきながら、千晶は後輩の話をきいていた。生ビールのグラスを見る。酒の好きな真貴子はほとんど空けてしまっていた。こうなったら、もう勢いだ。あとでカフェに寄り、酔いを醒《さ》ましてもいいだろう。

「どうする、もう一杯のむ」

真貴子は勢いよくうなずいた。千晶はウエイターに生ビールをふたつ注文した。

「でも、千晶さんは社長のお気にいりですよね」

ローズに伸びた箸がとまった。千晶は真貴子の顔を見た。本心からそういっているようだ。

「えー、ぜんぜん違うと思うけど」

ジェームズ木原とはとくに良好な関係を築いているわけではなかった。仕事を離れてのみにいくこともほとんどない。社長は若い社員を誘って、あちこちのみに連れていっているようだが、千晶はその会に二度ほどしか顔をだしていなかった。

「そんなことないですよ。今日のプレゼンだって、副社長からかばってくれたうえに、新しいスタッフをつけてくれるって約束したんでしょう」

確かにそれは事実である。よく考えてみると、これまでのプレゼンですべて自分の望むとおりになったのは、今回が初めてだった。わたしがあのカリスマ社長のお気にいりか。千晶は実感がまったくもてずに、ぼんやりと新しい生ビールに口をつけた。泣いたせいで真貴子はのどが渇いていたようだ。二杯目のグラスをひと息で半分空けて、唇のうえについた泡をおしぼりでぬぐった。この子はかわいい顔してるのに、なんだか中身は中年のおじさんのようである。愛すべきキャラクターだ。

「でも、気をつけてくださいね。社長は女の人に手が早いし、社内の子にだって容赦ないんですから。アニマルですよ。それと副社の広永さんも要注意です。なにせ別れた今も社長にぞっこんで、社長に近づく女は全部ひき肉みたいにしちゃう人ですから。女の嫉妬って怖いですよー」

恐ろしいことをいいながら、レモンをたっぷりとつけた牛タンを口に放りこむ。

「冗談でもそういうこといわないでくれる」

千晶は冷たくなったロースの切れ端を、ゆっくりとかみ締めた。

♠

汐留の再開発地区の一角に秀紀のつとめるIT企業、よろこびデザインはある。オフィスビルの階高は四十とすこし。足元からうえを見あげると最上階が見えない高さである。秀紀は会社にいくたびに、なぜこんなに高いところで働かなければならないのか、疑問を感じるのだった。このオフィスの家賃のために、いったい何人分の稼ぎが消えていくのだろう。

高層ビルの公開緑地を、秀紀はコンビニの袋を手に歩いていた。春の終わりのいい陽気で、このまま浜離宮にでもいって昼寝をしたくなってしまう。小泉慶太も同じ豚シャブ弁当をさげてとなりにいる。足が長いせいで、慶太の歩くテンポはゆっくりしていた。秀紀はちょこまかと足を動かしながら、先にいってくれないものだろうかと考えていた。

「だけど、おまえも隅におけないところがあるな」

本気でいっているのかと耳を疑った。浮いた噂など自分にはまったくない。

「冗談はやめてくれよ」

緑地のなかによく形のわからないガラスの彫刻が立っていた。溶けた人間のようにも、飛び立とうとしている鳥のようにも見える。緑色の溶解人間だ。

「それがまんざら冗談でもないんだよ。うちの会社って、社内恋愛が多いだろ」

確かにそのとおりだった。社員の平均年齢は二十八歳。深夜残業があたりまえのＩＴ関連では、社外に出会いを求めるほうが無理なのかもしれない。

「それでこのまえうちの課と、秀紀の課の女の子を集めたのみ会があってさ」

最近はみな合コンとはいわないのだった。ただののみ会である。そういったほうが、ものほしげな印象がなくて、女子の集まりがいいという。実際にやっていることは、あまり変わりはないのだが。秀紀が黙っていると、慶太が急に肩をつついた。

「おまえもなかなかやるじゃん」

意味がわからない。秀紀は丸い頬をさらにふくらませた。

「だからさ、秀紀の話を振ってみたら、おまえの課の女の子のあいだでは、けっこう人気があるんだよ」

ひどくうれしかったが、口にしたのは逆の言葉である。

「女の子ってそういううれしがらせをいうんだよ。実際にはその気なんて、ぜんぜんないくせにさ」

今度は慶太に背中を平手でたたかれた。かなりの力である。

「違うんだって、秋山比呂《あきやまひろ》ちゃんっているだろう」

ジーンズをはいた男勝りな女性陣のなかで、めずらしくお嬢さまタイプの子だった。

ふわふわのスカートで深夜まで働くのだ。メイクもしっかりで、夜になっても崩れることはない。よろこびデザインには数すくないフェミニンな女性である。

「それがどうしたんだよ」

ききたくてしかたないのに、秀紀は不機嫌な声をだした。

「比呂ちゃんが、うちの会社では大久保秀紀さんが一番だって。このやろ」

彼女のデスクは低いパーティションをはさんだ、ななめむかいだった。日ごろ普通に口をきいているが、そんな素振りは見せられたことがなかった。本心が漏れてしまう。

「へー、意外だな」

「秀紀はまったく感じなかったのか。視線とか好意とか」

「そんなもん、あるわけないだろう。あったらとっくに食事にでも誘ってるさ」

そういえば比呂はどこかの女性誌の人気モデルのような格好をいつもしていた。髪はゆるい縦ロールのパーマである。秀紀はもうすぐ三十歳だが、最新流行のファッションをした女性とつきあった経験がない。なんだかまぶしくて、しかたないのだ。

オフィス棟のガラスのエントランスをくぐった。ガードマンがあちこちに立って警戒中である。エレベーターにのるまでに、社員用のＩＤカードを二度チェックされた。大理石が張られたホールで、スーツのビジネスマンとエレベーターを待っていると、慶太が耳元で囁《ささや》いた。

「じゃあ、おれが比呂ちゃんと秀紀のセッティングをしてやろうか」

「やめてくれよ」

秀紀の声がエレベーターホールに響いた。それは思っていたよりずっとおおきな声で、自分でも驚いてしまった。周囲の会社員がおかしな顔で、秀紀を見つめている。慶太はにやにやと笑いながら、秀紀の肩をつついた。声を殺していう。

「なんだよ、童貞の高校生みたいな反応だな。そんなに強く拒否しなくてもいいだろう」

童貞？　高校生？　十数年まえの自分をいいあてられたようで、秀紀はあわててしまった。

確かにもう秀紀は未経験ではない。けれども、女性との経験は限りなくすくないのだった。秀紀は最近の若い男性によくあるように、欲望自体が淡いタイプなのだ。切ないほどの欲求に振りまわされることも、いつも女性がいないとダメなこともない。人にきかれたときには、今はつきあう気分ではないとか、女はめんどくさいとか、適当なことをいって逃げてきた。

「お願いだから、やめてくれ、慶太。うまくいけばいいけど、失敗したら、そのあとも同じ課なんだぞ。ずっと別れた女の子の顔を見ることになる。よほどの根性がなければ、同じ課の子とつきあえるか」

さらさらの髪を横分けにした慶太は、あきれた顔をした。こういう表情がさまになるのが二枚目のうらやましいところだ。だが、たまたま遺伝子がよくできていて、バランスのいい顔に生まれたからといって、なんだというのだ。人の頭は脳と硬膜と頭蓋骨と筋肉と皮でできている。二枚目かどうかなど、そのうちの骨と筋肉だけの問題にすぎなかった。頭の中身などなんの関係もないのだ。

「そんなことをいってると、あっという間に三十代だって終わっちゃうぞ」

慶太は厳しい顔で、エレベーターの階数表示を見あげていた。液晶の青い数字は目覚しい勢いで四十数階を目指し、駆けていく。

「待てよ。こっちはまだ二十九だ。三十代にだってなっていない」

二枚目は哀れむように秀紀を見おろしていった。

「仕事をしていたら、自由時間なんてぜんぜんないだろ。学生時代の三〜四年分が、社会人の十年と同じなんだよ。あんなのあっという間だったじゃないか。しかも、年をとるほど男性としての魅力も機能も衰えていく。若い子にいわせたら、おれたち二十九だって立派なおじさんなんだよ」

慶太の言葉には実感がこもっていた。いつもガールフレンドがとぎれない二枚目でも、そんなふうに切なくなることがあるのだろうか。秀紀は意外な思いで、同じ年の友人を見つめていた。秀紀はため息をついていった。

「ほんとにそうかもしれないな。長いと思っていた二十代も、もう終わりだ。つぎの十年も三十分のアニメ番組の後半みたいにさっさと終わるのかもしれない」

慶太はうんざりした顔で、秀紀を見た。

「四十歳になってひとりきりで仕事しかしてなかったら、おれたちどうなるのかな。こうして毎日コンビニの弁当をくってさ」

自分の場合、賭けをするならその確率が一番高いだろう。想像するだけで、ぞっとする。

「でも、こっちと違って、慶太はそうはならないだろ」

軽い二枚目は片方の眉をつりあげてみせた。

「それが、そう簡単にはいかないのさ。あれこれと迷ってね。女の子の趣味が幅広いのもいい点と悪い点があってさ」

余裕の笑いを浮かべてみせた。かちんときて秀紀はいった。

「まあ、なんにしても同じ課の女の子とは簡単につきあえないよ」

四本ある高層階いきのエレベーターがようやくやってきた。コンピュータ制御というたい文句だったが、このビルではひどいときには十分以上も待たされるときがある。秀紀と慶太は、ほかの会社員といっしょに金属の箱にのりこんだ。豚シャブ弁当のにおいが狭いエレベーターのなかに満ちる。誰も表情にはださないが、うんざりした気配が嫌でも感じられた。

よろこびデザインは、三十三階と三十四階のツーフロアを占めていた。うえには受付と会議室、それに重役用の個室がならんでいる。作業フロアの三十三階で、ふたりはエレベーターをおりた。自分のコンテンツ・クリエイティブ部にはいろうとして、秀紀は片手をあげた。

「じゃあ、また今度な」

二枚目はにやにやと笑って、部内についてくる。

「おまえに用があるわけじゃないぞ」

慶太はずっと秀紀のあとをついてきた。デスクのところまでやってくる。

「なんなんだよ、慶太」

そのとき慶太は背の低いパーティション越しに、声をかけた。

「やあ、比呂ちゃん。このまえの約束、覚えてる」

縦ロールの整った顔がパーティションのむこうに浮かびあがった。

「あら、小泉さん、どうしたんですか」

「今度みんなでのみにいこうっていってたじゃないか。ここにいる秀紀もふくめてさ」

慶太はなれなれしく秀紀の肩をもんでいる。あやうく秀紀は悲鳴をあげそうになった。

残業続きの肩はひどく痛んだし、慶太の罠《わな》に自分がかかったのがはっきりわかったからである。

♥

真貴子と千晶は祝勝会を兼ねた焼肉屋のランチで、生ビールの中ジョッキを二杯ずつのんでしまった。おたがいに顔がほんのりと赤くなっている。店をでたのは十三時近くだったが、そのままセブンシップスに帰ることはできなかった。

ふたりは旧山手通りをぶらぶらと歩きだした。幅の広い遊歩道では雑誌の撮影班をふたつ見かけた。外国人のモデルがキリンのような身体で、夏の新しいモードを着てポーズをつけている。南平台から代官山にかけては、街並みがゆったりと整っているので、年中ファッション誌の撮影がおこなわれているのだ。

歩道に日傘と深緑の鋳鉄の椅子《いす》をだしたいつものオープンカフェにはいった。大学生のように見える若いウエイターにアイスカプチーノをふたつ注文する。真貴子は黒い細身のパンツの尻を見送っていった。

「わたし、二十五をすぎるまで年したの男なんて眼中になかったんだけど、最近はぜんぜんオーケーになっちゃいました」

千晶は苦笑してしまった。自分より先に三十歳になった学生時代の友人と、いうことが同じだったからである。

「わたしはまだ同世代か、ちょっとうえのほうがいいかな」

真貴子はテーブルに頬づえをついて、横目で千晶を見た。

「そうですよね、福田《ふくだ》さんて大人で素敵ですもんね」

すっかり忘れていた名前だった。福田靖弘《やすひろ》は最大手の出版社からでている女性誌「ケイティ」のファッショングラビア担当だった。千晶とは二年まえにしりあい、三カ月後につきあい始め、十八カ月交際して、三カ月まえに別れていた。原因は靖弘の浮気である。疑いもしなかった千晶も千晶だが、一年半のあいだにモデルやカメラマンのアシスタントや編集アルバイトと、靖弘は手近な女性をくい散らかしていたようだ。深夜残業や撮影旅行も多く、編集の仕事が不規則なせいで、千晶も靖弘の行動を把握しきれていなかった。見かねた同じ編集部にいる顔見知りの女性編集者が、こっそり教えてくれたのだ。千晶は相手を問い詰めることもなく、すっぱりと別れた。

靖弘は地方の名家の長男で、いまだに親から仕送りをもらっていた。自分の給料はすべて遊びのためにつかえるのだ。華やかでおしゃれで気がきいてと、遊ぶだけなら最高の相手だった。真貴子がアイスカプチーノを一気のみしていった。

「このまえ、福田さんからきかれたんです。千晶さんは元気でやってるかなって。ちょっと淋《さび》しそうでしたよ。なんだか、自分のほうが元気なさそうでしたけど」

昼さがりのカフェは半分ほどテーブルが埋まっていた。若いカップルもぽつぽつと目についたが、たいていはおしゃれな女性同士である。代官山という土地柄のせいかもしれない。この街に集まるのはほとんどが女性で、残りはおしゃれだが植物のようにおとなしい若い男性が多かった。

そういえばと、千晶は思いだす。あれは確か新聞で読んだはずだ。中高年の男性にくらべて、今の二十代の男性の精子数は半減しているというニュースである。周囲にいる男の多くは、ぎらぎらとした欲望や男性的な魅力の薄い人間が多かった。仕事をしていくうえでは柔軟性もあっていいのだが、恋をしようという気にはなかなかなれない。けれども、福田靖弘は違っていた。バブルの時期に先祖がえりしたかのようなイケイケの遊び人だったのである。千晶は疑わしげな目で後輩を見た。

「ねえ、マッキー、あなた、あの男に口説かれてないでしょうね」

真貴子は目のまえできれいに爪の手いれがされたてのひらを振った。

「ないない。そんな様子は、まったくなかったですよ。ただ単純に千晶さんのことを思いだしたっていう感じで。でも……」

千晶はオープンカフェのテーブルのむこう、ふたつ年したの同僚を見つめた。真貴子のファッションは、セブンシップスで扱っているような海外の先鋭的なブランドではなかった。女性誌で人気のあるようなかわいらしい「モテ」服である。千晶にとって、それは安全で幼く、男の趣味に媚《こ》びているようにしか感じられないのだった。この国の男女事情を映した独特のファッションコードである。真貴子はあっけらかんという。

「……福田さんなら、ちょっといいかも」

千晶はあきれていった。

「誰でしたっけね、もう二十七だから、これからは寄り道できないっていってたのは。靖弘なんて、寄り道まわり道けもの道もいいところよ」

「千晶さん、それ、ウケるー」

語尾のあがる独特のイントネーションだった。ここから歩いて十数分、渋谷のセンター街で女子高生が口にするような調子である。真貴子は真剣な目をしていった。

「でも、それだけ厳しいことをいうところを見ると、千晶先輩、まだ福田さんのこと、ちょっと意識してるんじゃないですか」

「ないない。別れた男のことなんて、考えるはずもないでしょ」

千晶はアイスカプチーノをひと口のんだ。高校時代から考えると、コーヒーの種類は飛躍的に増えている。カプチーノにマキアートにフラペチーノ。豊かになるというのは、いろいろなコーヒーがのめるようになることかもしれない。

「そうかー、わたし、福田さんと約束したんですよ。ちょっと千晶さんにあたって、雰囲気きいてみるって」

「なによ、マッキーったら」

驚いてしまう。この後輩は仕事では業務補助だが、こと恋愛に関しては会社の内外を問わず、司令塔の役割を果たしているのだった。真貴子はゆるく縦ロールを描く髪をテーブルの中央に寄せてくる。ひそひそ声でいった。

「ダンナ、敵にはなんていっておきますか」

千晶は一瞬返事をためらった。

「そうだな、じゃあ、事実のとおりで。カプチーノをもうひと口。別れてから新しい彼はいない。今はとくに誰かとつきあう気分じゃない。そんなところかな」

真貴子は両手を胸のまえで組んで、うっとりした顔をする。

「やっぱり千晶先輩、カッコいいー。プライドの高いモテ男の福田さんが、自分から話をしてきたのに、ばっさりだもんなあ。さすがだなあ」

なにがカッコいいのか、千晶にはまるでわからなかった。二十代後半の二年間。ここにはなにか深刻なジェネレーションギャップがあるのかもしれない。

♠

秋山比呂の表情は、いつもとまったく変わらなかった。ほんとうに自分に好意をもっているのだろうかと秀紀は思ってしまう。おせっかい焼きの慶太が、内ポケットから手帳をだしていった。

「こういうことは早いほうがいいんだよな。じゃあさ、比呂ちゃん、今週金曜日の夜はどう？　こちらは秀紀とぼく。そっちは比呂ちゃんともうひとり。できればかわいくて、この会社じゃない女の子がいいな」

ちゃっかりと自分も比呂の周囲にいる女の子をゲットしようとしている。比呂は小作りの顔を笑いに崩した。

「わかりました。大学時代の友人で、一番かわいい子に声をかけておきます。でも、大久保さんの予定はだいじょうぶなんですか」

確かにまったく秀紀は都合をきかれていなかった。慶太はぐりぐりと親指の先を秀紀の肩に押しこみながらいう。

「こいつはいいの。どうせ週末の夜なんて空いてるに決まってるんだから。なあ、秀紀」

なにか鋭いひと言を返そうと思ったけれど、言葉につまってしまった。実際に二枚目の友人のいうとおりだったからである。女性との週末の予定など、ここしばらく記憶がなかった。黙っていると慶太がいった。

「ほらね。さっき比呂ちゃんの話をしたら、こいつ跳びあがりそうなくらいよろこんでいたんだ。エレベーターホールでさ。ほかの会社のサラリーマンもいたのにね。見せてあげたかったな」

そのとき秀紀は信じられないものを見た。秋山比呂がパーティションのななめむかいで、かすかに頬を赤らめたのだ。自分はよろこんで跳びあがったりしないといいそうになって、あわてて口を閉じた。この反応はもしかすると、ほんものなのかもしれない。そう気づくと、秀紀の顔から表情が消えてしまった。埴輪《はにわ》のように口元も目元も固まってしまう。女性から好意を示されたことのない秀紀には、自分のために頬を染める女性への抵抗力がまったくなかった。地上三十三階のオフィスで雷に撃たれたようなものである。

「そういうわけだから、秀紀。金曜日くらいおしゃれしてこいよ」

慶太はちらりと秀紀の格好をチェックした。

「そのシチズン・オブ・フリーダムのジーンズはいいとしても、ちゃんとジャケットを着てくること。おまえだって、春夏ものの上着くらいもってるだろ」

「いや、それは、その……」

ロッカーのなかにさがっている九年もののリクルートスーツを考えた。ジーンズにあの上着はどう考えても似あいそうもない。いったいどうしたらいいのだろう。

「じゃあ、そういうことだから、もろもろよろしく」

なにがもろもろなのだろうか。秀紀はその手の不正確で、調子がいいだけの言葉づかいをしたことがなかった。慶太は片手をあげて、コンテンツ・クリエイティブ部をでていってしまう。

「なんだか小泉さんて、おもしろい人ですね」

秀紀は比呂のほうを見ずにいった。

「ほんとに。調子がよすぎて、うらやましいくらいだよ」

「そうかな」

意外に強い比呂の声の様子に驚いて、ちらりとななめむかいのデスクを見た。

「わたしは大久保さんは、そのままでいいと思うけど」

自分の言葉が急に恥ずかしくなったようだった。比呂は船が沈んでいくように音もなくパーティションに消えていく。頬はさっきよりもさらに赤い。秀紀はじっと硬直して、乱雑に資料の重なった自分のデスクトップに視線を落とした。こうなったら、アキヒトにどんな春もののジャケットを買ったらいいのか、メールできいてみよう。ファッションのアドバイスを求められるのは、秀紀の周辺ではアキヒトただひとりだった。

秀紀がくたくたに疲れて、深川の自宅に帰ったのは真夜中の十二時だった。それでも電車で帰れただけましである。早朝の四時すぎにタクシー帰宅するよりも、遥かに疲労はすくない。仕事は大量に残っていたのだが、翌朝にまわすことにして、いつもより早くよろこびデザインを離れたのだ。

もちろんアキヒトに相談するためだった。週末には同じ課の秋山比呂とのみ会がある。比呂は驚くべきことに秀紀のことを憎からず思っているらしい。「憎からず」という古風な言葉が、なんだかにやにやしてしまうほど愛らしかった。

上着を着用するようといわれたが、Tシャツとジーンズ以外の洋服など、めったに買いにいくことはない。イタリアもののジャケットが飾ってあるセレクトショップには、緊張してしまって絶対に足を踏みいれることはできなかった。ちょいワルとか、モテ服といった言葉は秀紀の属する世界には存在しない。

自分の部屋にもどると、まっすぐにパソコンにむかった。ななめ掛けしたショルダーバッグを肩からはずすこともなく、ヴィレッジゲートに飛ぶ。秀紀のパソコンは電源を落とすこともなく、常時ネットに接続してある。ウインドウを開いた。最初から質問をしようとして、いったん呼吸をおいて考えた。そうだ、アキヒトは今日大切なプレゼンがある日だった。

シチズン・オブ・フリーダムのプレゼン、どうだった？
アキヒトさんのことだから、ぜんぜん大丈夫だと思うけど。

こちらはちょっとききたいことがあります。

今、話してもいいかな?

同じSNSにはいっているので、アキヒトのパソコンにメッセージが流れるはずだった。いつもならこの時間は自宅にもどっていることが多い。さて、男性用のジャケットについて、どんなふうにききだせばいいのだろうか。ネットではキリコという女性名で登録している。

秀紀は息をのんで液晶ディスプレイを見つめていた。

♥

仕事を終えて、千晶が恵比寿に帰ったのは十一時半だった。昼休みに真貴子とビールなどのんでしまったものだから、酔い醒ましのカフェタイムをふくめて、昼休みが二時間を超えてしまったのだ。

オフィスにもどってから、シチズン・オブ・フリーダムの代表、ジャン・リュック・デュフォールにメールを打つのに、ひどく手間がかかってしまった。千晶は話すのは得意だが、英文のビジネスレターは大の苦手である。もっともらしい慣用句を並べているうちに、なにをいうべきなのか、わからなくなってしまうのだ。おかげでまたも帰宅はこんな時間になってしまった。
千晶は疲れ切って、ラブソファに足を投げだし横になった。音を消したテレビをぼんやり眺める。指一本動かすのさえ面倒だった。バラエティ番組では若いコメディアンがひどく辛いものをつぎつぎとたべさせられていた。あわてての
んだ冷水にはタバスコがたっぷりといれてあるらしい。小柄な男は涙目になって、口からチリソースを勢いよく噴きだした。きっとこれも仕事なのだろう。どんな仕事でも、仕事にはバカらしいところが必ずひとつはあるものだ。
ひとり暮らしの部屋の隅には丸テーブルがひとつ。ノートパソコンが開いている。画面の端にちかちかとアイコンが点滅していた。千晶のパソコンに誰かがやってきているらしい。キリコだ。疲れているはずなのに、すぐにパソコンに飛びついたのが自分でも不思議だった。ウインドウを開き、文面を読む。会社帰りの格好のまま、千晶は入力を開始した。

ありがとう、キリコさん。
おかげさまで、シチズン・オブ・フリーダムのプレゼンは成功。おまけにひとり部下を

つけてもらえることになったよ。

別に給料があがるわけではないけどね。

そっちのききたいことって、なあに？

リアルタイムでメッセージを交換するチャットには麻薬のような魅力があった。疲れていたはずの千晶の目は眠気も飛んで、すっきりと澄んでいる。冷蔵庫からアイスラテをもってきて、ちょっとキリコとチャットをしてから寝よう。一日重労働をこなしたのだから、それくらいのおたのしみはいいだろう。千晶は目を光らせて、続きを待った。

♠

秀紀は返信を読んだ。さすがにアキヒトである。同じ年だが、やはり自分とは出来が違うのだろう。プレゼンで勝っただけでなく、新たに戦力を増員してもらったという。秀紀の指はキーボードのうえをでたらめな速度で走った。

おめでとう、やっぱりアキヒトさんは

わたしのまわりにいる普通の男の人とは違うな。

わたしのききたいことは、男性ファッションについてなんだ。友達の男の子（彼とわたしはなんの関係もありません）が初めてのデートをすることになって、相談されたんだ。どんな格好をしていけばいいかなって。したはシチズン・オブ・フリーダムのジーンズで、うえはなにかジャケットのほうがいいのかなっていってるんだけど……ジャケットっていっても、いろいろあるからファッションに詳しいアキヒトさんにきこうと思って。

つい力がはいって長文のメールになってしまった。秀紀はあわてて、読み返すこともなく、送信してしまう。とっさについた嘘《うそ》にしては、なかなか堂にいったものだ。さて、アキヒトはどんなアイディアをだしてくれるだろうか。

♥

千晶は確かにファッションに詳しかったが、それは自分の仕事でもあるインポートものの女性ファッションだけだった。ネットのなかではアキヒトという男性名で振る舞っているから、こういう面倒なことになる。ただの冗談で始めたネットおなべだったが、困ったことになった。腕組みをして考え、ゆっくりとメールを打ち始めた。男性用も女性用もそれほど変わらないだろう。オーソドックスなこたえでいってみよう。

そうだな、ジーンズにあわせるなら
春だからコットンか麻のジャケットがいいんじゃないかな。
今年は丈の短いタイトなシルエットのものがでているから、
そのなかから適当に選べばいいよ。色は明るいグレイかネイビーか白。
なかは白のシャツかTシャツにして、胸に白いチーフでもさせば完璧。

即席で思いついた返事にしては十分ではないか。やはり今日は頭が冴《さ》えてるのかもしれない。千晶はどきどきと胸を高鳴らせて、真夜中の返事を待った。

♠

なるほど、さすがにファッション関係のインポーターをしている人間は違う。秀紀は感心して、アキヒトのメッセージを読んだ。タイトなシルエットの綿か麻のジャケットとメモをとる。だが、どのくらいのタイトさなのか、まるでわからなかった。だいたい秀紀には、試着をしたら上着というものはすべて買いあげなければいけないという先入観がある。一度着たものを返すのは、なんだか失礼だし、店員に申し訳ないではないか。アキヒトのアドバイスに細かにつっこみをいれるほどのファッション知識はなかった。そこで、秀紀は恋愛相談をしてみようと思い立った。指のストレッチをしてから、一気に打ちこんだ。男女の性はすべて反転させて、比呂のことをきいてみるのだ。

わたしのオフィスにちょっとかわいい感じの男の子がいます。わたしよりもだいぶ年したかな。噂ではその彼がけっこうわたしを意識してるみたいなんだけど、こういう場合どんなふうに対処したほうがいいでしょうか。女友達が強引にセッティングしたので、週末にはのみ会にいかなければいけないみたい。その人わたしを見て、頬を染めたりするんです……

すっかり女言葉に慣れてしまった自分がすこし怖かった。会社の企画書で無意識のうちにこんな文章を書いたらどうしよう。紋切り型が多いから、そちらのほうがおもしろいかもしれないけれど。秀紀はカフェオレをのんで、ゆったりと椅子の背に身体をあずけた。ハーマンミラーのビジネスチェアは、自作の高性能パソコンについで、この部屋にある高価なものである。秀紀は頭のうしろで手を組んで、天井を見あげた。

なぜ、会ったこともない人間に、しかも同性の相手にこんなふうに親近感を感じるのか。それが不思議で、同時に新鮮でならない。ネットにはいろいろとおかしなことがあるものだ。

♥

千晶はキリコのメッセージを待つあいだ、クレンジングクリームをつかった。たっぷりと顔に伸ばし、カシミアタイプのティッシュでふきとる。あまりファンデーションの厚塗りはしていなかったが、もう二十九歳である。それなりに下地をつくっておかないと、若くぴちぴちした女性社員に、どうしても追いつかないのだ。自分では意識して若さと競おうと思っていないのだが、下地づくりがいつのまにか習慣になっていた。思えば二十代の初めには、ほとんどファンデーションなど必要ではなかった。アイメイクと口紅だけで、どんなパーティーへでもでかけていったものである。若さというのは恐ろしいことだ。ノートパソコンのわきにおいた鏡で、目じりを確かめた。まだ浅いけれど、小鳥の歩いた跡のようなこじわがしっかりと残っている。うんざりして鏡を横にむけたとき、キリコから着信があった。内容をさっと読んで、すぐに入力を開始する。

いつもは仕事の愚痴が多いのに、恋愛の話なんて初めてだね。
キリコさんはもてるんだな。
こちらのほうはぼくに好意をもってくれる女性は
オフィスにはぜんぜんいません。
そういうことなら、のみ会できちんと話をしてみたらどうでしょうか。
まだ、その人のことをよくしらないんだし。
ちょっと妬《や》けるけど、がんばってみるといいよ。

なぜ、キリコが職場の男性とつきあうことに、自分が嫉妬するのかよくわからなかった。それとも潜在的な同性愛傾向でももっているのだろうか。三十歳をまえにして、目覚めるなんてめずらしい話だけれど。入力をすませて自分でも最後の一行にあっと思ったが、直すのも面倒なのでそのまま送ってしまった。

もどってきたのは、あたたかなメッセージだった。秀紀はディスプレイを見つめながら考えた。ぼくたちのリアルな世界でも、ネットのなかにある半分の優しさがあればいいのに。仕事の現場では、相手の欠点をあげつらったり、弱点を突いたりする、ぎすぎすとした会話が多かったのである。SNSのようなサイトに集まる人たちは、最初からある程度選ばれているのかもしれない。アキヒトの気づかいに、秀紀はつい本音を書いてしまった。


わたしは以前つきあっていた人に、ほかにも何人かの相手がいて、ひどく傷ついてしまいました。

それから何年も異性とはつきあっていません。

人のことが信じられないというか。

しょせん、誰でも相手を道具に利用しているだけというか。

好意をもってくれる人にでも、そんなふうに感じてしまいます。

自分でもこんなにひがみっぽいのは、

ほんとうに嫌なんだけど、どうしようもないのです。
今度の人のことも、まだよくわかりません。
だけど、アキヒトさんがいうんだから、
週末ののみ会、がんばってみます。

なぜ、身近な友人や肉親ではなく、たった一本の光ファイバーをつうじてつながるだけの遠い他人に、ずっと誰にもいえなかった秘密を打ち明けるのだろうか。真夜中の部屋でひとり、秀紀は不思議に思った。

一番孤独を感じているときに、誰かがラインのむこうで真剣に話をきいてくれる。心を寄りそわせて、いっしょにつまらない問題を考えてくれる。それは素晴らしいよろこびで、リアルな世界ではなかなか得られない心のつながりだった。

それなのに、自分はネットおかまのような嘘をついている。

アキヒト、ごめん。秀紀は胸のなかで謝って、書きあげたメッセージを送った。

♥

顔写真を送りあったことはないけれど、きっとキリコはかわいい女の子なのだろう。

男というのは、まったくどうしようもない生きものだった。女性を連れて歩けるアクセサリーや欲望の対象としてしか見ていないやつがたくさんいるのだ。元ボーイフレンドの編集者、福田靖弘を思いだした。

ぼくも男だから気もちはわかるけど、ほんとにひどいやつが多いよね、男って。男性全体に代わって、ぼくが謝っておくよ。ごめんなさい。

でも、男の全部が腐ってるわけじゃないから。キリコさんは、あきらめずに幸せになってください。

♠

金曜日ののみ会が、最大のテーマになった。

その日のために秀紀は、会社を抜けだし銀座のメンズショップに足を運んだ。残業は連日深夜におよぶので、昼のあいだに買いものをすませるにはそうするしかなかったのである。秀紀のコーディネートの中心は、アキヒトがあつかうシチズン・オブ・フリーダムのダメージジーンズだった。

　着古したTシャツにジーンズ姿で、手にはアキヒトのアドバイスが書かれたメモをもち、並木通りのメンズショップのまえに立つ。ガラス扉を開ける秀紀は、刑場に連れていかれる死刑囚のようだった。リクルートスーツを買って以来だから、きちんとした服を買うのは、九年ぶりのことである。財布のなかのクレジットカードはチェックしてあった。残業ばかりで金をつかうひまのない秀紀の銀行口座には、高級ブランドのジャケット百着分くらいの残高はある。

　買いもの慣れしていない人間のつねで、秀紀は最初にはいった店で足をとめてしまった。もっとも、なにが自分に似あうか、自分の好みはどういうものか、まったくわからていないので、それもしかたないのかもしれない。幸運だったのは、たまたま一軒目のショップが幅広いブランドを扱うインポートもののセレクトショップだったことだろう。

「あの、あの……」

　そこから秀紀は手元のメモに目を落とした。アキヒトの言葉をそのまま読みあげる。

「……タイトなシルエットの綿か麻のジャケット……ください」

　妙に優しげな笑顔を浮かべた店員が、ずらりとハンガーのさがったコーナーに連れていってくれた。壁に立てかけた姿見のおおきさは、縦横二メートルはありそうだ。そこにひざの抜けたジーンズに、くたびれたTシャツの男が映っている。秀紀はため息をつきそうになって、あわてて目をそらした。

「こちらなどいかがでしょう。ライトグレイの麻にブルーのペンシルストライプ。ピークドラペルで胸の線がきれいにでるようになっています。袖をとおしてごらんになりますか」

秀紀が気になっていたのは襟の形ではなく、値札のほうだった。なぜ、こんなに見にくい位置にプライスタグがさがっているのだろうか。着たら買わなきゃいけないのに。秀紀は不安に思いながら袖をとおした。着心地は軽くて、さらりとしている。鏡のまえに立った。

「とてもよくお似あいです」

秀紀はもともと骨格がしっかりとしているほうだった。背も低くはないし、太ってもいない。ぴしりと締まったジャケットに、崩れたジーンズ。くつろいだおしゃれ感がでている。深夜残業が続いて無精ひげが伸びていたので、それもよかったのかもしれない。九年ぶりのブティックで、秀紀は自分の姿を見つめ直した。悪くないみたいだ。鏡のなかの唇が動いている。

「あの、あの……このジャケットください」

買いものは、その上着だけではとまらなかった。襟ぐりの伸びたTシャツが気になって、インナーも選んでもらったのである。店員がおおよろこびでもってきたのは、鮮やかなウルトラマリンのサマーニットと青と白のストライプのシャツだった。首にあてただけで、秀紀はいった。

「それも、ください」

「どちらのほうがよろしいですか」

「どっちも」

どうせカードをつかうなら、もうとことん買ってやれ。興奮状態で秀紀はそう覚悟を決めた。もしかしたら、つぎにこういう店にくるのは、また九年後かもしれない。秀紀はそれから、店員のすすめるままに同じ型の紺のジャケットも試着した。こちらも、即座にお買いあげ。さらにその上着にあうインナーをまた二枚。

店員はいいカモを見つけて有頂天のようだった。せっかくですからといって、革靴とベルトをもってくる。秀紀はアスファルトと雨の染みがついたスニーカーを脱いだ。靴下の親指のところが薄くなっていて、穴があく寸前だった。あわててイタリア製のローファーにつま先を押しこむ。いい靴をはくと人間が上出来になったような気がした。

「この靴とベルトもください」

店員は調子にのってパナマ帽をもってきて、秀紀の頭にのせた。なんだか昔のギャング映画のチンピラのようである。この時点ですでにふらふらになっていた秀紀は虫の息でいった。

「帽子はもういいです。じゃあ、それまでの全部ください。お勘定お願いします」

完全に脱力して、くたびれた財布からクレジットカードを抜いた。店員はうやうやしくプラスチック片を受けとる。秀紀がサインしたクレジット伝票は、三十万円にわずかに届かない額だった。

♥

千晶は新しいブランドを立ちあげるため戦略を練る日々だった。セブンシップスはファッションの輸入商社としては中堅だが、大手のように巨額の広告費を計上できるわけではなかった。社長のジェームズ木原はそれなりの予算を承認してくれたが、それもテレビで大キャンペーンを打てるような額ではない。せいぜいファッション誌のいくつかに、広告をだせるくらいのものだ。森尾真貴子が真剣な顔でこちらを見つめている。新しい部下は気心のしれた二歳後輩だ。

「ねえ、マッキー、ブランドイメージをつくるには、なにが必要だと思う。条件はみっつあるんだけど」

「PR活動とか、パーティーとか、ショップとかですか」

千晶は手元に広げた紙にいたずら書きをしていた。ミーティングのときの癖なのだ。

「うーん、そういうのもあるけど、一番大切なのはブランドの名前」

「へえ」

あまり感心した様子ではなかった。千晶はシチズン・オブ・フリーダムと、でかでかと筆記体で書いた。

「まず日本人に覚えやすいネーミングであること。それが大切。ここんちは英語だし、問題ないと思う」

「それで」

ぐりぐりとブランド名のまわりに花の絵を描いた。

「二番目はその商品の特徴がひと目でわかることかな」

「それだったら、シチズン・オブ・フリーダムのジーンズに問題ありませんよね。お尻に特徴があるから。じゃあ、ブランドを成功させるみっつめの条件ってなんですか」

そうなのだった。あそこのジーンズは左右のヒップポケットに、おおきくFの文字が刺繍《ししゅう》されているのだ。ひと目で目につくアイコンである。

「そうね、最後はブランドに裏づけがあること。歴史があるとか、これまでのヒット作とか。シチズン・オブ・フリーダムはまだ新進ブランドだから、歴史には期待できない。でも、その代わりにブランドとしての理念がある。殺虫剤や化学染料をつかわずエコロジーに敏感、途上国の搾取的な労働には反対、すべて手づくりで最高の品質。方向性にぶれはないし、肝心のセンスもいい」

真貴子はにっと笑っていった。

「じゃあ、成功間違いなし。おめでとうございます、千晶先輩」

千晶は椅子の背に身体をあずけて、天井を仰いだ。

「でも、そう簡単にはいかないよ。なんといっても広告予算がすくないもの。タレントをつかった大キャンペーンなんて打てないし」

「そういえば、このまえ福田さんが俳優のミツオカ・ジョージと親しくなったっていってました」

別れたボーイフレンドの福田靖弘はファッション誌の編集者である。ミツオカ・ジョージは最近若い女性に大人気の中性的な雰囲気のある俳優だった。もしかしたら、いい広告塔になってくれるかもしれない。でも、そのためにはあの女たらしに頭をさげなければいけないだろう。

千晶は手元のコピー用紙におおきくバツを書いた。

♠

その店は汐留シティセンターの四十一階にあるイタリアンだった。窓には秀紀たちの働くビルが手の届きそうな距離に見える。銀座から日本橋方面にかけては背の高い建物がすくないので、日本一の繁華街の豪奢《ごうしゃ》な明かりが一望できた。

秀紀と慶太、秋山比呂と友人の女性がかこむテーブルは窓際だった。東京の空高く浮かんで、気のきいたアンティパストをつまむ。最高の気分だった。タコとセロリのマリネを口に放りこんで慶太がいった。

「あのフロアじゃ、まだよろこびデザインの社員が、汗だくでパソコンぱちぱちやってるんだよな。こっちはよく冷えた白ワインとうまい料理が山盛り。おまけに美人がふたり。なんだか、むこうがかわいそうになるな」

秀紀はのみ会も合コンも久しぶりだった。いつもは自分が深夜残業をしている側だ。慶太とは逆に場違いな席にきている気になる。比呂の友人が口を開いた。

「大久保さんて、比呂からきいていたイメージとぜんぜん違ってました」

秀紀は前日に買った新しい麻のジャケット（ライトグレイに青のストライプ）にウルトラマリンのサマーニットをあわせていた。ジャケットの胸ポケットには、白いシルクのチーフがささっている。こちらはのみ会の直前、慶太が景気づけだといって、ポケットに押しこんでくれたものだ。秋山比呂もワインで頬を赤くしていう。

「ほんとに。大久保さんがそんなにおしゃれだなんて思わなかった。でも、千鶴《ちづる》ちゃん、いつもの大久保さんはこんなふうじゃないの」

秀紀は頭をかいた。正直になってしまうのは、どうも自分自身でこの格好が落ち着かないせいだった。誰かをだましている気になる。

「ジーンズにあわせるにはどんな服がいいか、友人にきいたんだ」

慶太が横目でちらりと見て、まぜ返した。

「おまえにもそんなおしゃれな友達がいたんだ」

アキヒトのことを考えた。まだ会ったこともないけれど、なんでも話せるメル友である。

「ああ、ファッション関係の商社にいて、こういうことに詳しいんだ」

「そんなことより、千鶴ちゃんて名前は古風だけど、すごく今の子って感じだよね」

慶太はまったく人の話をきいていなかった。比呂の友人のことが気にいったようである。比呂は苦笑していった。

「でも、千鶴にはちゃんと彼がいるんですからね」

慶太はおおまじめな顔をした。

「婚約してる、あるいは結婚してる？」

千鶴は首を横に振った。背が高くて骨格も華奢《きやしや》なので、名前のとおりすんなりと伸びた見事な首筋をしている。

「いいえ。彼とは今のところ、その予定はないみたい」

慶太はワイングラスをあげた。

「じゃあ、この出会いを祝って乾杯しよう。まだ千鶴ちゃんも、おまけに比呂ちゃんも誰のものでもない。ということはすべての男性に可能性が開かれているということだ。ぼくにも、ここにいる秀紀にも。自由な女性と男性に乾杯」

慶太の軽さはある意味見事なものだった。こんなふうに軽々と異性に接することができたら、どんなに気楽な人生が送れることだろうか。秀紀は笑顔をつくっていたが、心のなかでため息をついた。そのとき比呂が急に口を開いた。

「まえにもいいましたけど、大久保さんはそのままでいいと思います」

一瞬、テーブルが静かになった。慶太は意味がわからないという顔をしている。きっと比呂は秀紀の表情に神経を集中させていたのだろう。笑顔の裏にある気もちを敏感に読みとったのだ。若く魅力的な女性がそんなふうに自分に集中してくれる。それが誇らしくて、ひどくうれしかった。慶太がいった。

「ねえ、千鶴ちゃん。若いふたりだけにして、ぼくたちは別な店にでもいこうか」

比呂の友人も笑っていた。

「ええ、ここの食事を終えたら、そうしたほうがいいかも……」

そこで言葉を切って、正面から秀紀の目をのぞきこんできた。

「比呂はほんとにいい子なの。大久保さん、よろしくね」

比呂はきこえなかった振りをして、窓のむこうに目をやっていた。東京の夜がガラス粒をばらまいたように透明に輝いている。秀紀はちいさな声で返事をした。

「……はい」

ワインの酔いが急にまわってきた気がする。なにかお腹に詰めこんでおかなくちゃ。秀紀はパルマ産だという生ハムを、くしゃくしゃに丸めて口のなかに押しこんだ。

♥

同じ金曜の夜だった。

場所は汐留ではなく、六本木である。千晶と真貴子はグランドハイアット東京のなかにある和食店にきていた。上機嫌で卓をかこむのは、ファッション誌のグラビア担当、福田靖弘だ。黒いショートジャケットにジーンズ。こちらは気をつかって、千晶のあつかうシチズン・オブ・フリーダムだった。だが、気になるのはうえからみっつめのボタンまではずした白いシャツである。淡い胸毛ものぞいている。首に光る銀のチェーンには、なんの意味もなく指輪がさがっている。靖弘は日焼けした顔を笑いに崩した。この人はこんなにしわがあっただろうか。千晶は最初に出会った二年まえを思いだした。もしかしたら、彼もこちらの目じりのこじわに気づいているかもしれない。

「千晶のほうから電話をくれるなんて、びっくりしたよ」

真貴子がおおげさに手を振っていう。

「そんなことないですよ。だって、福田さんとはこれからもいろいろと仕事のおつきあいはあるし、千晶先輩、福田さんから連絡があったっていったら、まんざらでもない顔をしていたんですから」

靖弘には見えないように真貴子がウィンクしてきた。この子は仕事でなく、こういう場になるといつもやりすぎる傾向がある。困ったものだ。千晶はさばさばといった。

「今度うちの会社で本格的にシチズン・オブ・フリーダムのジーンズをあつかうことになったの。それで、靖弘のことを思いだして」

遊び人の編集者は胸のリングをいじりながらいった。

「そんなところだとは思っていた。でも、仕事からなにかが始まることもあるからな。だけど、ファッション誌にのせるブランドは全部タイアップだからな。ああいうのは広告も記事もいっしょだから」

千晶はタイとミズナの胡麻《ごま》あえをつまんだ。さすがに高い店だけあっておいしい。そういえば、デートをしていたころ靖弘はずいぶんといい店を教えてくれた。

「わかってる。そのうち広告も頼むことになると思う。それより、靖弘、俳優のミツオカ・ジョージと友達になったんでしょう」

にやりと笑って、真っ黒に日焼けした編集者は大吟醸の杯を空けた。

「最近いっしょによく遊んでるよ。あいつ、ファッションが大好きだから……なんだ、そういうことか」

ミツオカ・ジョージは若い女性にコアなファンを多くもつ上昇株の俳優だった。とがったアーティスティックなイメージもある。シチズン・オブ・フリーダムのジーンズにぴったりの有名人なのだ。靖弘は片方の唇の端をあげて、皮肉に笑ってみせた。

「私物としてジョージにそのジーンズを着せる。広告塔としてつかいたいんだろ。でも、あいつのところにはスタイリストをとおして、山のように服や小物が流れこんでくる。自分でもあれこれと買ってるみたいだしな。千晶を紹介するのは別にいいけど、その先の保証はできないぞ。そういうことなら、この店、そっちのおごりだな」

この和食屋の代金など安いものだった。千晶の声には張りがある。

「ありがとう、靖弘。どんどん好きなものたべてね」

「わかってる。でも条件がもうひとつ」

千晶は首をかしげて、昔のボーイフレンドを見た。

「このあとで、もう一軒バーにつきあうこと。それも、ふたりきりで」

ふう、しかたないだろう。これも仕事のうちだし、久しぶりに会う昔の男にはどこか色っぽいところがある。千晶は空になった杯に果実のにおいのする日本酒を満たした。

♠

慶太の言葉は冗談ではなかった。

二時間ほど汐留の高層ビルにあるイタリアンで夕食をたのしんだあと、四人は店をでた。代金は男性陣ふたりで折半である。時刻はまだ八時半だった。四十一階のフロアは薄暗く、中央では自動ピアノがスポットライトを浴びている。モーツァルトの「ピアノソナタ十一番」は流れるように見事だが、どこか機械的だった。

「さて、どうするかな」

慶太は伸びをして、横目で千鶴を見た。示しあわせたように比呂の友人はこたえる。

「若いふたりの邪魔をしても、なんだから……」

千鶴はふくみ笑いをしているようだった。秀紀はあせっていった。

「待ってくれよ。これから、もう一軒、みんなでいくんだろ」

「いや、だからさ、もうおれたち三十近いんだから、そういうまどろっこしいのはなしでもいいんじゃないか。今夜の主役は最初から比呂ちゃんと秀紀なんだから」

助けを求めるように秀紀は比呂を見た。数メートル離れたところで、比呂は自動ピアノの鍵盤を眺めている。誰もさわっていないのに曲にあわせて見事に沈むのだ。こちらの会話など耳にはいっていない様子だった。デート用のジャケットは買えても、こんなときのノウハウはどこにもハンガーにつられていなかった。

「ちょっといいか……」

秀紀は慶太を呼んで、耳元でいった。

「デートらしいデートは久しぶりなんだ。このあとどうしたらいい？」

慶太はにやにやと笑っていう。

「ここまではいい調子だろ。つぎの店にいくまでのあいだが厳しいんだ。移動が長いと醒めちゃうからな。このフロアの反対側にバーがある。そこに連れていけよ」

「そっちはほんとうに帰っちゃうのか」

慶太がウィンクした。ウィンクをしても嫌味にならない男を、秀紀は初めて見た。男に目配せされたのは、初めてである。

「こっちも千鶴ちゃんともうすこしつっこんだ話がしたい。じゃあ、こうしないか。いっしょにバーにはいくが、別々なカップルとして店にはいり、席も離してもらう」

なんだか保護者つきのデートのようだった。けれども、誰もいないよりはずっといいだろう。秀紀は慶太の提案に飛びついた。

「そのソリューションでお願いします」

「じゃあ、おれたちが先にいくから、あとでバーにこいよ」

慶太が肩をぽんと押した。その先には、今日はじめて見るワンピース姿の比呂が立っている。シフォンというのだろうか、透ける素材のスカートの裾はランダムにカットされ、色っぽい妖精のようだ。

「お待たせして……す、すみません」

秀紀がそばにいくと、比呂は元からおおきな目を開いて見あげてくる。目に力があるというのは、こういうことか。つい視線をそらして、秀紀は慶太の提案について説明した。表情を変えることなくきいていた比呂が最後にいった。

「そんなに気をつかうことないのに」

くすりと笑う。

「わたしは大久保さんといっしょなら、どこでも平気です」

その言葉だけで、秀紀は足元が怪しくなった。急にカーペットの毛足が長くなったように感じる。真顔になって、比呂はいう。

「ここのバーでなくて、ホテルのバーでもいいくらいかな」

ホテルという言葉で、秀紀は正気にもどった。手ひどく傷つけられて別れた元恋人とは、簡単に寝てしまったのだ。自分で予想していたよりも、強い声がでた。

「そういうのは、もっとおたがいのことをよくしってからのほうがいいと思う。いつか機会があったら、ずっと先にでもお願いします」

「やっぱり、大久保さんて、おもしろい」

すでに慶太と千鶴は先にいっているようだった。バーの暗いエントランスに消えていくうしろ姿が見える。初対面なのに慶太の身体は、千鶴にぴたりと寄りそっていた。

「わたしたちも負けずにいきましょう」

比呂が手をとった。秀紀は二十九歳である。だが、いきなり女性から手をにぎられて、それだけで額に汗が噴きだしてしまった。女は指先でさえ、男よりずっとやわらかいのだ。秀紀はぼんやりと雲のうえを歩くように、比呂に引かれていった。

バーにはいる。正面はすべてガラス張りで、そこには東京都心の夜景が尽きることのない灯をともしていた。比呂の顔が白く浮かんでいた。唇が動いている。なにかいったようだ。秀紀はぼんやりと、その声をきいた。

「今夜はわたし、すこし酔ってもかまいませんか」

しゃれた返事などできるはずがなかった。汗がとまらないのは、なぜだろう。ウエイターに連れられて、窓際のテーブルにむかう。空いた席をみっつはさんで、千鶴がちいさく手を振っていた。慶太が声をださずに口を動かしている。

(う・ま・く・や・れ・よ)

秀紀はつくづく自分を情けなく思った。なにをうまくやればいいのだろうか。こんなときにメールでアキヒトに相談できたらいいのに。

♥

グランドハイアットの和食店は団体客でにぎやかだった。日系人の大家族が、テーブルをいくつかつないで食事をしているのだ。子どもたちは英語でケンカをして、泣きわめいている。まもなく夜九時半だった。千晶はカードで飲食代を支払い、セブンシップスの名前で領収書をもらった。

和服姿のおかみがガラスの扉を開けていてくれる。どうもありがとうございました、またのお越しを。やわらかな声に背中を押されて、三人は屋上庭園にでた。ここは造りが複雑で、わかりにくい動線なのだ。真貴子が明るくいった。

「ごちそうさま。じゃあ、わたしはここで帰ります」

福田靖弘は悪びれなかった。こういうことに慣れているのだろう。

「おう。今度、真貴子ちゃんにぴったりのいい男紹介するから、つぎはダブルデートしよう」

千晶は靖弘の顔をじっと見た。浅黒く日焼けした肌に、アルコールの酔いがまわって、ローストビーフのように表面に脂が浮いていた。真貴子がやってきて、耳元でいった。

「なんだか、今夜の福田さん、要注意みたいですね。千晶先輩は大人だから、だいじょうぶだと思うけど、やる気まんまんですよ。気をつけて」

苦笑して、千晶はいった。

「心配ないよ、マッキー。わたしはその気ゼロだから」

「なにこそこそ話してんだ。千晶、ここのバーにいくぞ」

ぺこりと頭をさげて、真貴子はいう。

「お邪魔しました。福田さん、シチズン・オブ・フリーダムも忘れずに、よろしく」

そうなのだ。今夜は新ブランドを売りこむための大切な接待なのだった。これからさんざんセクハラまがいのことをされそうだが、それもすべて仕事のためである。ファッション業界は時代の先端を走っているように見えて、内実はまだまだ保守的なところの残る狭い業界だった。

靖弘がバーにむかって歩いていく。背中越しにいった。

「どうなんだ、千晶。ほんとうのところ、新しい男のほうは」

「だから、いってるじゃない。いないって。今のわたしには男よりも、仕事。それで十分なんだって」

バーの木製の自動ドアが開いた。とたんにバンドの音があふれだす。そういえば、ここはジャズの生演奏が売りだったっけ。靖弘はぽつりといった。

「でも、そういうのだけだと、淋しくないか。おれは仕事だけじゃあ、やっぱり淋しい。

千晶と別れてから、あれこれあったけど、ずっと淋しかった」

思いもしないときに決め球をストレートに投げこんでくる。この男の癖は変わらないようだった。

♠

バーのなかは薄暗かった。窓に広がる超高層の夜景を生かすためだろう。通路の足元だけちいさなフットライトが飛び石のように灯っている。ウエイターは細い腰を黒いエプロンで締めあげた二枚目だった。

「ご注文はどうなさいますか」

ちいさなメニューをもっているのだが、それをテーブルにおくことはなかった。ここにくる客はみな、自分好みのドリンクを頼み慣れているのだろう。秀紀は自分がしっているカクテル数種類を順番に思いだした。

「……じゃあ、ウォッカトニックで」

ハンサムなウエイターがうなずいていった。

「ウォッカの銘柄はどうされますか」

そんな面倒なことはきかなくてもいいのに。秀紀はまた額に汗が噴きだしてくるのがわかった。

「……おまかせで」

比呂はにっこりと笑って注文した。

「わたしはベリーニ」

イタリアの映画監督の名前のようなカクテルだった。秀紀は初耳である。ウエイターがいってしまうと、比呂は正面の夜景を見ながらいった。

「わたし、いろいろなカクテルを注文して、それを男の人とちょっとずつ味見したりするのが、好きなんです」

これはなにか返事が必要な台詞《せりふ》なのだろうか。離れたテーブルでは、慶太と千鶴がこちらの様子を興味しんしんでうかがっている。

「ぼくはカクテルって、よくしらないから。ひとりでバーにくることなんて、ほとんどないし。あの、ベリーニって、どういうカクテルですか」

比呂は東京の夜空から秀紀に視線をもどした。まじめな顔でいう。

「あとで、わたしのをのんでください」

「……はい」

それからしばらくふたりは黙りこんでしまった。秀紀はなにかをいわなければとあせったが、そう思うほど言葉がでてこない。比呂は頬づえをついて、夜景を眺めているだけだ。ふたりきりでバーにはいるなんて、デート初級者には高度すぎる設定だった。

ウエイターが背の高いグラスを、銀の盆にのせてもってきた。秀紀のまえにはクラッシュアイスがたっぷりはいったウォッカトニック。比呂のまえには白く濁ったグラスがおかれた。

「乾杯しましょう」

比呂がグラスをあげた。秀紀も右手をあげて、薄くグラスをあわせる。チンと澄んだ音がして、つぎの瞬間には冷たいカクテルがのどを滑り落ちていた。のどが渇いていたせいもあって、でたらめにうまい。ごくごくと生ビールのように、半分ほど空けてしまう。比呂が笑い声を立てた。耳にとても心地いい。

「大久保さん。はい、交換」

比呂は自分のグラスをさしだした。ガラスの縁には真珠のように光るピンク色の口紅跡が残っている。秀紀はかまわずに、そこに口をつけた。人工的な香料のにおい。記憶が火花を散らしてもどってくる。化粧をした女性とキスをするときには、いつもこの香りがしたものだ。

ぐっとのみこむと、比呂のカクテルは桃の味がした。白桃の甘さに、炭酸の爽やかな酸味。アルコールの感じがしない。ピーチネクターの炭酸割りだろうか。

「それはフレッシュピーチジュースのシャンパン割りです」

ベリーニ。秀紀はひと口で、そのカクテルの名前と味を覚えてしまった。甘くて、白くて、爽やか。まるで目のまえにいる女性のようだった。秀紀が感心していると、比呂が真剣な顔になった。

「大久保さん……もう会社じゃないから、秀紀さんでいいですよね……どうして秀紀さんは、女の人とつきあわないんですか。わたしはずっと秀紀さんを見ていて、女嫌いなのかもしれないって思っていました」

どうこたえたらいいのだろうか。秀紀は酔いのまわった頭をあれこれと悩ませ始めた。

♥

黒人の女性シンガーが、腰まわりに肉のつきすぎた身体をゆったりとくねらせて歌っていた。曲はスローテンポにアレンジされた「シャイニー・ストッキングス」である。バックのピアノトリオはねばるように重心の低い演奏を続けている。

六本木にあるグランドハイアットのバーだった。もう真夜中近くなのに、ほぼ満席である。みなどんな仕事をしているのだろうか。まだ若いけれど、もう若すぎるとはいえない年齢の遊び人で、暗いバーはいっぱいだった。

靖弘はスコッチウイスキーのオンザロックである。先ほどの和食店でビールと日本酒をしたかにのみ、バーでスコッチにスイッチする。以前の男なので、こうなると腰をすえて徹底的にのみたいモードであるのがよくわかった。夜明けまでのフルコースである。

「いっとくけど、わたし、今夜は最後までつきあう気はないからね」

酒も、身体も。ダブルミーニングの拒否の言葉になってしまった。日に焼けた胸を第三ボタンまで開いた靖弘は、情けない顔をした。

「そう冷たいことというなよ。千晶とおれの仲じゃないか」

「それはずいぶんまえに終わっているでしょう」

「はいはい」

遊び人のファッション誌編集者は重たげなロックグラスをもちあげた。

「じゃあ、友情に乾杯」

くすりと笑って、千晶もシャンパンのグラスをあげた。

「なあに、それ」

靖弘はにやりと笑った。白い歯だけが、ジャズの流れるバーに浮かんでいる。

「おれ、男と女のあいだにも友情はあると思うんだ。でも、そいつにも条件がある。まだやってない男と女の場合、双方が魅力的なときは友情は結べない。やっぱりセックスとか恋愛とか気になるからな。だから、異性間で友情が生まれるのは、さんざんやりつくして別れたあとなんじゃないかな。心も身体も慣れて、よくしっている。もう無理して格好つける必要もないしさ」

なにをいいだすのかと千晶は思った。けれども、こうしてふたりだけで昔の男とのんでいると、ぬるい温泉にでもつかっているような心地よさを感じるのも事実だ。靖弘は目を伏せたままいう。

「千晶とつきあっているとき、おれ、さんざん女遊びしちゃったろう。ひどく傷つけてしまって、すまなかったと思っている。だから、今回のシチズン・オブ・フリーダムの件はお詫《わ》びも兼ねて、しっかり手伝わせてもらうよ」

男に謝られるのは、だいぶ時間差があるにしても、悪い気分ではなかった。

「ありがとう。ちょっと遅かったけど、そういってもらえるとうれしい」

靖弘は視線をあげて、千晶をまっすぐに見つめてきた。

「じゃあさ、おれたち、もう一度、お友達から始めてみないか」

テーブルのうえに右手をさしだしてくる。千晶は男の手と、さげられた頭のつむじを交互に見た。となりの外国人のカップルが、興味深そうにこちらを観察している。日本では真夜中のバーであんなアプローチをするのだろうかと。

千晶は困って、凍りついてしまった。靖弘は頭をさげて、手を伸ばしたままである。この手をとれば、なにかが変わるのだろうか。男の骨ばった手を見つめて、千晶はぼんやりと考えていた。

♠

なぜ、女性とつきあわないのかといわれても困ってしまう。自分は断じて女嫌いなどではなかった。その証拠に昨晩はこののみ会のせいで眠れずに、ついひとりでしてしまったくらいなのだ。秀紀は残りのウォッカトニックを一気にのみほした。同じものを二枚目のウエイターに注文する。スタイルがよくて、顔がよくて、こんな洒落《しゃれ》たバーで働いているのだ。きっともてることだろう。なんのためだかわからないが、秀紀は腹が立ってきた。

「恋愛だって別に悪くはないと思う。でも、こんなふうにいつも誰かに恋をしなさい、女性とつきあいなさい、結婚しなさいっていわれるのが、なんだかぼくは嫌なんだ。うちの母親なんか、ぼくの顔を見るといい子はいないのかってうるさくて」

比呂がとなりで笑っていた。

「それはうちも同じみたい。よろこびデザインって残業が多いでしょう。仕事ばかりしてないで、花嫁修業とか、男の人とのおつきあいもしなさい。なぜか親って、子どものプライベートまで指図してくるよね」

二杯目のカクテルが届いた。秀紀よりも先に比呂がトールグラスに手を伸ばしてくる。

「ひと口、お先に」

比呂は幼い顔をしているが、アルコールには強いようだった。ごくりとのどを鳴らして、酒をのむ。

「おいしー。クラッシュアイスのせいで、キンキンに冷えてる」

秀紀はぼーっとしてグラスを受けとった。縁にはまたパールピンクの口紅跡が残っている。比呂に気づかれないようにそっとグラスを回転させて、そこからカクテルをのんだ。なんだかひどく酔いがまわるようだ。

「わたしはときどき不思議に思うんだ。なぜ若い女性であるっていうだけで、こんなに責められるのかなあ。未婚率とか出生率とか少子化とか、わたしたちの人生はただの統計の数字なんかじゃないのに」

そのとおりだった。恋をしていなければいい相手はいないのかといわれ、恋をしたら結婚はまだかといわれ、結婚したら子どもはいつだといわれる。多くの人間は、人のことを放っておくということができないのだ。繰り返されるくだらない質問が、いかにわずらわしく、人の心を傷つけるのか、まるでわかっていない。

「でも、秀紀さんは違うね。変に人にプレッシャーをかけるタイプじゃない」

離れたテーブルで慶太と千鶴がちいさく手を振っていた。比呂もVサインを返す。

「小泉さんはいい人だけど、ちょっとやりすぎるところがある。わたしは男の人に自由にしてもらいたいタイプだから、むずかしいかな」

じゃあ、ぼくはどうなんだといいそうになって、秀紀はグラスを口に運んでごまかした。最初のデートからがっついてもしかたないだろう。

「比呂ちゃんはボーイフレンドはいなかったの……その、どのくらいのあいだ」

こういう質問はやはりセクハラになるのだろうか。秀紀はじっとピンク色に塗られた唇を見つめた。

「別れて、もう一年くらいになるかな。遊びならいくらでもできるかもしれないけど、きちんと誰かを好きになるって、やっぱり三年に一回くらいじゃないかな」

三年に一回ということは千日に一度である。恋というのはそれほど出会うのが困難な花なのだ。しかもせっかく発見しても、すぐにしおれてしまう可能性もある。

比呂は自分の言葉に照れたように笑った。頬がアルコールと恥じらいで赤く染まっている。秀紀は急に抱き締めてやりたくなった。生身の女性にそんな感覚をもったのは久しぶりのことで、なんだか自分の欲望が新鮮である。

「でも、何カ月かに一度、もう誰でもいいからセックスしたいっていう日があるよ」

いきなりの爆弾発言だった。なんとか呼吸困難を起こさずに、秀紀はもちこたえた。

「……そんなときはどうするの」

ベリーニの最後のひと口をのんで、比呂は困った顔をした。

「どうもしない。自分の部屋でじっとしていられないから、街にでて歩きまわる。何時間も歩いて、買いものやお茶をして、暗くなって部屋に帰る。それでごまかしちゃうの」

女も男も変わらないようだった。切ないほどの欲望に振りまわされて、誰かとつながりたいと願い、でもたいていの場合、その願いはかなえられない。だから、東京の街にはあれほど多くの男女が目的もなく浮遊しているのだろう。ひとりで街を歩く比呂がいじらしくて、たまらなくなった。

「じゃあ、今度そんな日がきたら、ぼくに電話して」

秀紀は自分でそういってからびっくりしてしまった。これは誤解を招く言葉だ。

「あの、その、Hをするっていう意味じゃなくて、いっしょにたくさん歩いてあげるから」

比呂が華やかな笑い声をあげた。暗いバーにその声がしっとりと広がっていく。窓の外の夜景にぴったりのBGMだった。

「散歩だけじゃなくても、いいかもしれませんよ」

ふくみ笑いをして比呂はいう。その言葉の意味に気づいたとき、秀紀は火照《ほて》った頭を冷やすためにあわてて二杯目のウォッカトニックを空っぽにした。

「よろしくお願いします」

靖弘はまだ頭をさげたままだった。外資系ホテルのバーには、外国人客の姿が多く見える。右手はテーブルのうえにさしだされている。テニスとサーフィンが好きな男の手はカフェオレ色に日焼けしていた。千晶は指先を見た。恋人同士だったころ、この骨ばった指が自分にしたことを思いだしてみる。

「わかったから、もう頭をあげて」

靖弘はちらりとうわ目づかいで千晶を見た。

「じゃあ、おれの手をにぎってくれよ」

「それは嫌」

「なんでだよ」

千晶は深呼吸をしていった。

「わたしは誰かの手をにぎりたいときは自分からにぎるよ。でも、急に脅迫されて無理やり手をとるなんて嫌なの」

靖弘は顔をもどし、テーブルのうえの手を引っこめた。にやりと笑って、スコッチのオンザロックをのどに放りこむ。

「やっぱり千晶だなあ。ほれ直しちゃうよ」

「そういう調子のいいことばかりいってるから、あちこちで問題起こすんだからね」

「はいはい、わかりました。そんなことより、さっきは好きな人はいないといってたけど、気になるくらいの男も誰もいないのか」

千晶は考えこんでしまった。遠くでピアノトリオが演奏している。今度は女性シンガーはお休みで、曲目は「いつか王子様が」だった。昔は曲のタイトルだって、洒落ていて大人っぽかったものだ。思い切っていった。

「それが男はいないんだけど、女ならいるの」

靖弘はおおげさにのけぞってみせた。

「本気かよ。千晶はとうとう同性に目覚めたのか」

あわてて手を振って千晶はいった。

「SNSでしりあったんだ。面倒くさいから、そこではわたしは男になってる。それでなぜか女の子とメル友になっちゃって。キリコちゃんっていうんだけど、とてもいい子なの」

靖弘が苦笑いしていった。

「だってむこうは千晶が女だってしらないんだろ。なんだかかわいそうじゃないか。キリコっていう子は男としての千晶を好きになってはいないよな」

まさか、まだそんなことはないと千晶は思った。ただすぐに自分が女性だとカミングアウトして、現在の良好な関係を崩したくはなかった。

「わたし、どうしたらいいのかなあ」

千晶の声はちいさく、自分自身の心の奥にむかっている。

「そういうのも詐欺になるのかなあ」

酔っ払った靖弘がいった。

「詐欺ってなによ」

靖弘はオンザロックをすすった。

「だからさ、ほんとは女なのに、自分は男だといって、相手をだましているだろ。そういうの詐欺じゃないのか」

千晶は猛然と怒っていたが、顔は冷静である。

「だって、そうやってだまして、なにかを売りつけようとか、お金を引っ張ろうとかしてないんだよ。実際に、なんの被害もないじゃない。詐欺なんかじゃないよ」

靖弘は片方の頰でにやりと笑って、オンザロックグラス越しに千晶を見た。

「じゃあ、経済的な損失はないけど、心情的な詐欺」

これにはさすがの千晶も言葉につまった。靖弘は調子にのっていう。

「もしさ、そのキリコって女の子が、真剣に千晶じゃなくて……」

千晶は自分の男性ハンドル名を教えてやる。

「アキヒト」

「その、幻のアキヒトのことを真剣に好きになったら、どうするんだよ」

そのことについて、千晶も考えないわけではなかった。自分自身は同性愛者ではないと思っているけれど、キリコのことを思うと自然とあたたかい気もちになる、もしかしたら、キリコはすでにアキヒトに恋愛感情を抱いているのかもしれない。靖弘は混乱した千晶の感情などおかまいなしにいった。

「キリコがアキヒトに恋してたら、結果は最悪。おまえはひどいことをしたってことになる」

酒が急にまわってきたのだろうか。千晶の胸のなかで、なにかがぐらりとかたむいてしまった。

果たして自分はキリコのような素敵な女性に、それほどひどいことをしているのだろうか。ほんの出来心で始まったメールが、そんな事件になるなんて。

靖弘はにやりと笑っていった。

「だからさ、いくらかわいくても女の子はやめておけよ。せっかく、ここにいい男がいるんだからさ」

説得力ゼロの言葉だった。相手をさげておいて、自分をあげる。女性を口説くとき、もっとも興ざめする方法である。千晶は負けずにいった。

「最近はほんとにいい男いないから、わたしは別にかわいい女の子でもいいけどね。第一、靖弘はキリコちゃんのことしらないでしょう。あれこれと勝手な妄想ふくらませすぎだよ。あの子がわたしに恋してるなんてありえないし、わたしもあの子のことなんて、ただの友人としてしか意識してないもの」

千晶は自分のグラスを空にして、たたきつけるようにテーブルにもどした。ほんとうに自分はキリコを意識していないのだろうか。今度じっくり過去のメッセージを読んで考えてみよう。とりあえず、自分のことを狙《ねら》っているファッション誌の遊び人の編集者のまえでは、弱みは見せられなかった。

千晶は話題をスイッチした。シチズン・オブ・フリーダムがいかに環境負荷のすくないジーンズかについて、お得意のレクチャーを開始したのである。

♠

「秀紀さんは何人兄弟なんですか」

いきなり比呂にきかれてとまどってしまった。

「……えーっと、三人の真ん中」

「うえにいるのは、お兄さん、お姉さん？」

比呂は秀紀の家族構成に興味があるようだった。そんなことは別にどうでもいいと思うのだが。

「うえが兄貴の芳樹で、実家の和菓子屋を継いでる。したが妹の香澄で、大学生」

「じゃあ、秀紀さんはご両親といっしょに住まなくていいんですね」

それはそのとおりだが、あらためて確認されるといい気はしなかった。けれども、比呂は真剣である。

「今は実家暮らしだってきいたんですけど」

「そうだよ。門前仲町のペンシルビルだ。したが店舗で、うえは賃貸マンションになってる。ぼくはそのなかのひと部屋に住んでる」

比呂の目が輝いた。

「じゃあ、完全に世帯は分離してるんだ」

食事のたびにしたの住居部におりていく生活は、二世帯分離といえるのだろうか。あいまいにうなずいておく。

「まあ、そんなところかなあ……」

比呂は東京の見事な夜景を眺めながら、なにか頭のなかで計算しているようだった。

「そうすると、新しくマンションを買うなんて、考えていないんですね」

気《け》おされて、秀紀はびっくりしていた。これまで自分でマンションを購入するなどということは一度も考えたことがなかったのだ。門前仲町は、おしゃれな街とはいえなかったけれど、とにかく交通アクセスがいい。由緒ある東京下町の風情も残っている。秀紀の好きな街である。

「そうだなあ、もし買うとしても、また近くがいいかな」

比呂は夢見るようにいった。

「わたし、慶太さんから秀紀さんの住所をきいて、地図で調べてみたんです」

ここはおもしろがったほうがいいのだろうか。最近の若い女性はこれが普通なのか。秀紀はすこし不気味に感じた。

「木場公園とか、清澄《きよすみ》公園とか、富岡八幡宮《とみおかはちまんぐう》とか、公園や緑が多くて、素敵なところですよね。子どもたちにはとてもいいかもしれない」

なぜ急に子どもがでてくるのだろうか。秀紀は恐るおそるいった。

「あの、比呂ちゃんは、子どもがほしいの」

比呂はにこにこして、夜景から秀紀に視線をもどした。

「はい。わたしはすくなくとも四人はほしいです。それを考えると、あんまり時間がなくて。日本ってこんなに素敵な国なんだから、もっとみんなたくさん子どもをつくればいいのにって思います」

秀紀は自分が四人の子どもの父親になっているところを想像しようとした。脳のサーキットが焼け切れそうになる。子どもの存在など、まったく考えたことがなかったのだ。

「なぜ、比呂ちゃんはそんなに子どもをたくさんほしいのかな」

比呂は明るい笑顔を崩さなかった。

「わたし、ひとりっ子だったんです。ケンカしたり、グループに分かれたり、それぞれ好き勝手なことをしたりする、兄弟のたくさんいる家の子がうらやましかった。だから、絶対に偶数の子どもを産もうって決めたんです」

「それはやっぱり半分に分かれたとき、同じ数になるから」

「そうです。ふたりだとすくないから、倍の四人」

比呂は照れたようにうわ目づかいで、秀紀を見た。

「最初に秀紀さんを見たとき、うちの子の父親にぴったりの人だなあって思ったんです。やさしそうで、おおきくて、パソコンの修理も得意だし、変に偉そうじゃない。まだ先のことでいいんですけど、いつかわたしと大家族をつくることを考えてみてくれませんか」

そういわれて、秀紀は困ってしまった。大家族は完全な想定外だった。やはりネット企業で働く女性には、エキセントリックなところがあるのだろうか。

返事に困って、秀紀は新しいカクテルを注文した。今夜はひどく悪酔いしそうだ。

♥

恵比寿の部屋まで送るという靖弘を振り切って、千晶はタクシーにひとりでのりこんだ。やはり景気回復は本物なのだろうか。ホテルのエントランスには、真夜中とは思えない行列ができている。

千晶は車のなかから飛びすぎる東京の街並みを眺めていた。六本木通りは昼間に負けないほど明るかった。歩いているのは外国人と日本人が半分ずつ。すこしだけ酔った千晶の顔を、色とりどりのネオンサインが照らしていく。頭のなかにあるのは靖弘の台詞だ。

(キリコがアキヒトに恋してたら、結果は最悪。おまえはひどいことをしたってことになる)

ひどく酔っていたので、靖弘に悪意がないことはわかっていた。相手の嫌がることをつい口にしてしまう。それは昔から変わらないあの男の性分なのだ。敵をつくることがわかっていても、生まれつきの性格は直せるものではなかった。

マンションのまえでタクシーをとめて、領収書を受けとった。自分の部屋にはいると、蹴り飛ばすようにハイヒールを脱ぐ。むしゃくしゃしていた千晶の行動は荒っぽかった。いつもなら家に帰ってから、しばらくぼんやりとするのだが、さっさとクレンジングクリームで化粧を落とす。歯磨きは親の敵をとるような激しさだった。バーのタバコのにおいが移っているような気がして、シャワーでていねいに髪を流した。

千晶がバスローブ姿でリビングの丸テーブルにむかったのは、驚異的に短時間の四十分後である。つけっぱなしのノートパソコンで、すぐにヴィレッジゲートに飛んだ。ウインドウを確認したが、まだキリコからのメッセージは届いていないようだ。

過去のメッセージのやりとりを読み返してみる。多いときには一日で二十通ほどのメールやチャットのやりとりをしている。千晶は自分の書いた文章を読んで、素直に反省した。やはり性別を偽っている状態を楽しんでいた自分がそこにはいたのだ。

普段から男性に対して不満に感じていた部分を、鏡のように反転させて理想の男性を演じる。しかも、相手は千晶のことをまったくしらない女性である。キリコのメッセージをていねいに読んでも、単なる好意以上の恋愛感情は見つからなかったが、それだって絶対とはいえなかった。女性である千晶には、いかに女性が異性のまえで本心を隠すのがうまいか、身にしみるほどわかっていた。

そのとき、メッセージウインドウにちかちかと点滅するキリコのアイコンがあらわれた。どきりと胸を高鳴らせて、千晶はキリコからの新しいメッセージを開いた。

♠

比呂とののみ会は、二軒目のバーで解散になった。

秀紀の心はジェットコースターのように揺れていた。第一、比呂のあの変化はなんだったのだろう。前半のイタリアンでは控えめでとても思慮深く見えたのに、ふたりきりになったバーではまるで様子が変わってしまった。四人の子どものいる大家族の夢を語るかと思えば、秀紀の自宅周辺の地図まで確認しているという。おまけに実家が賃貸マンションの経営をしていることを、根掘り葉掘り質問してくるのだ。

秀紀は自分が不動産会社に登録されたどこかの優良物件のように感じた。だが、もともと上品なところがあるので、比呂に厳しいことはいえなかったのである。それとも、しばらく男女交際から遠ざかっているうちに、合コンというのはああした条件の提示合戦のようになってしまったのだろうか。おたがいの望む条件が同じなら、即刻契約成立。

自宅にもどった秀紀は、風呂にもはいらずにキーボードのまえに座った。

ちょっときいてほしいことがあるんだけど、いいですか？

今夜ののみ会の話はしてたと思うけど、結果はさんざんでした。

どうして男って、ああして自分の理想の結婚とか家族の形とかを押しつけてくるんでしょうか。わたしにはよくわかりません。

子どもは何人がいいとか、どこに住みたいとか、マンションがどうしたとか。

そういう細かなところにいくまえに、いくらでもおたがいにしらなくてはならないことがあると思うんだけど……

やっぱり、アキヒトさんみたいに話がつうじる人ってすくないなあ。


それは秀紀の単純な感想だった。たとえ性別を偽っていても、ぴたりと話があう人間というのはいるものだ。こうしてネットのなかでだけコミュニケーションをとるのなら、別に問題もないだろう。キリコが男性であることはもうしわけなく思うけれど、それでも友人のすくない秀紀には、アキヒトは大切な人だった。

うっぷんが晴れて、風呂にでもはいろうかと思ったとき、アキヒトのアイコンが点滅した。今夜は部屋にいるようだ。送りっぱなしでいいと思っていたメッセージに即座に返事がもどってくる。秀紀はデスクのまえに座り直して、液晶ディスプレイに輝く文字を読んだ。

♥

こちらもひどいのみ会だったよ。
昔つきあっていたファッション誌の編集者に
シチズン・オブ・フリーダムのパブリシティを頼んだんだ。
そうしたら、しつこくまたつきあおうといわれて。
キリコさんにはいいたくないけど、女って困ったものだね。
もう一度やり直しても、絶対にうまくいかない。
また、同じ原因で失敗するって考えられないのかな。
みんながキリコさんみたいだったら、いいのにな。
おたがいうんざりした夜をすごしたんだね。

千晶はメッセージを送信してから思った。性別を反転させて靖弘のことを書けば、別におかしくもなんともなかった。問題は性別にではなく、それぞれ個別の男女にあるのかもしれない。キリコのいう条件を提示する男というのは、女性にでもよく見られるパターンだった。自分の理想に相手を無理やりあてはめようとする人間。それが自分の生きかたを狭くちいさなものにすることさえ気づかないのだ。

♠

秀紀はメッセージを読み終えると同時に入力を開始した。こんなふうに気もちがつうじることは、リアルな世界ではめったにないことだ。たまたまおたがいの今夜の状況が似かよっていたせいなのだろうか。

ほんとに、どうして現実世界ではアキヒトさんみたいな人がすくないのかな？　わたしのまわりには自分の考えややりかたを押しつけようという人間ばかりです。実際にはその人も別な誰かに押しつけられたことを、こちらにすすめてくるだけなんだけどね。
相手のことを思いやる気もちというのは、まず目のまえの人をしっかりと見ることから始まると思うんだけど。
そういう点では、わたしとアキヒトさんは理想的なパートナーかもしれないね。

いったい自分はなにを書いているのだろうか。本心であることは間違いないが、相手は自分と同じ男なのだ。なにが理想のパートナーなのだろう。送信を終了してから、秀紀は腕を組んで考えこんでしまった。自分とアキヒトの関係はこれからいったいどこにむかっていくのだろうか。それは東京の星のない夜空のように暗く確かではなかった。

♥

「あのあと、どうなったんですか」

真貴子がにやにや笑いながら、顔をのぞきこんできた。週明けの月曜の朝である。セブンシップスのオフィスには、ほとんどの社員が出社していた。壁にかかった北欧製の時計は十一時である。この会社にはタイムカードはないけれど、十一時以降は立ち寄りの予定がないと遅刻扱いである。

千晶は靖弘と遅くまでバーでのんだあと、自宅にもどり明けがたまでキリコとメールのやりとりをしていた。

「あのあともなにも、バーをでてからすぐに帰ったよ」

真貴子は今日も完璧な縦ロールを維持していた。なぜ化粧や髪のセットにこれほどの情熱と時間を割り振れるのだろうか。それはたいていの若い女性に抱く千晶の疑問である。

「またそんなことといって。福田さんて、素敵じゃないですか。雑誌のほうも絶好調みたいだし」

靖弘がいい男であるのはわかっていた。そうでなければ、千晶だって本気でつきあったりはしなかった。けれど、なにかが違うのだ。たとえばキリコの誠実さとくらべて。千晶はあわてて頭のなかでキリコのイメージをかき消した。だって、相手は自分と同じ女性ではないか。

「マッキーにだって、わかるでしょう。一度きちんとつきあってから、なんらかの事情があって別れる。そのあとで、もう一度始めようとしても、それは簡単にはいかないよ」

恋は相手をしらないからできるのだ。悪くいえば、未知の相手にあれこれと自分の理想のイメージを押しつける。あの自分勝手な魔法が、恋のスタート時のエネルギーなのである。靖弘という男の裏までしっている今では、とてもあこがれの気もちなど起こらなかった。

「それはそうですよねえ。じゃあ、わたしが立候補しちゃおかな」

千晶は思わず笑ってしまった。自分の同僚と昔の男がつきあうと考えただけで、なんだかくすぐったくなるような感じがする。

「とめはしないけど、あんまりおすすめもできないなあ。ひとつだけアドバイスするとしたら、本気になったらダメってことかな。遊びでつきあうには、あの人はほんとに楽しくて、パーフェクトだよ」

ゆるやかにうねる毛先をいじっていた真貴子の手がとまった。急に真剣な顔になる。

「わたし、結婚したいんです。そういう遊びだけなら、福田さんはやめときます。もう時間がないんですから」

千晶は新しい部下を見た。たいして年齢は変わらないのに、なぜこれほど結婚に対するあこがれをもっているのだろうか。千晶自身は恋愛ならいいけれど、まだまだ結婚をする気にはなれなかった。結婚がひとりの生活よりもいいものだとは、到底思えないのだ。大学時代の友人の何人かを思いだしてみる。半分が結婚して、そのうち二組がすでに別れていた。なんとか結婚を維持しているところも、女同士では隠しごとはなかった。夫の浮気、セックスレス、義理の親との確執。ひとりきりで生きるなら発生するはずのない心労で、痛めつけられている。千晶は誰かの名言を思いだした。恋を終わりにしたければ、結婚するといい。

キリコも真夜中にこの意見に賛成していたのだ。彼女もまた千晶と同じで、結婚に幻想を抱いていないタイプである。そうはいっても、恋愛はまた別だった。仕事にやりがいを感じていても、女の場合、それだけでは充足した幸福感を得るのはむずかしかった。

仕事と恋愛。最近話題のワーク・ライフ・バランスがきちんととれていることが必要なのだ。靖弘のようなノリの軽い編集者ではなく、もっと誠実でやさしい男は、どこかにいないものだろうか。ついでにいえば、残業の多い千晶の仕事に理解があって、料理の嫌いな性分も大目に見てくれて、さらにちょっとこのごろたるんできた胴まわりも、大人の女性らしくてセクシーだと賞賛してくれる男。

「ねえ、千晶先輩、なに顔を赤くしてるんですか。よだれ垂らしそうですよ」

「えっ、なになに」

千晶はあわてて、口元をぬぐった。真貴子は華やかな声をあげて笑った。

「ほんとによだれ垂らすはずないじゃないですか」

「なによ、マッキー」

真貴子がA４のコピー用紙の束を、千晶の机のうえにおいた。

「さあ、仕事ですよ。シチズン・オブ・フリーダムの取り扱い候補ショップです。うんとしぼりこんで、ハイブランドのイメージをつくるんですよね」

千晶はコピー用紙をめくった。キリコとのメールは、昨夜も深夜まで数時間も続いた。睡眠不足でも、仕事だけはしっかりやらなければならない。わたしは、わたしのために働いているのだ。

♠

目が覚めるとすぐに、秀紀は液晶テレビのリモコンをとった。画面では昼のニュースをやっている。また盛大に寝すごしてしまった。やはり、昨夜アキヒトとのメール交換をやりすぎたのだ。深夜の一時すぎから、三時間はやりとりをしていたのではないだろうか。プリントアウトしたら、そうとうな分量になるはずだ。

考えてみたら、それほどのメールを交換するなら、直接電話で話したほうがずっと早くて、情報量も多いのである。秀紀も話が盛りあがったときには、何度も電話をつかいたいと思った。けれど、ネットのなかでは恋人のいない女性の役を演じているので、どうしてもアキヒトと話すことはできなかった。

それにしても、昨夜のメールはおかしな展開になった。秀紀は男の悪口をいい、アキヒトは逆に女の悪口をいう。おたがいにさんざん、異性の悪口を書き続けたのに、なぜかキリコとアキヒトのあいだには、険悪な空気が流れることはなかった。明けがたにでた結論はこうだったのである。人間は性差よりも、個体差のほうがずっとおおきい。

考えてみれば、あたりまえのことである。日本人はあまりに男と女の区分けにこだわりすぎているのではないか。それは秀紀の昔からの持論である。男のなかにも、女のなかにも実にバラエティ豊かな人間性があって、すべてを男女の線引きだけで割り切るなんて最初から不可能なのだ。

アキヒトはその点では、とても柔軟な考えをもっていた。頭もいいし、きっとルックスも悪くないことだろう。ファッションにも詳しいし、いい会社につとめてもいる。自分とは話があう以外にまるで共通項がなかった。もてないほうがおかしいような男性である。

「ねえ、お兄ちゃん。起きてる」

声とほとんど同時に、ドアが勢いよく開いた。香澄が顔をのぞかせる。秀紀は舌打ちした。また勝手に鍵をつかったようだ。

「ちゃんとノックしろって、いつもいってるだろ。やばいことしてたら、どうするんだよ」

香澄はちらりと横目で、ベッドでぼんやりしている秀紀を見た。

「朝からひとりでする元気なんてないくせに」

まだ大学生なのにどれくらい男の生理をわかっているのだろうか。

「うるさいな。ドア閉めろよ」

香澄は逆に秀紀の部屋にはいってきた。畳に座って、いきなり両手をあわせる。

「そんなことより、友達の美里のことなんだけど」

山下美里はＩＴ業界に就職志望で、秀紀のつとめるよろこびデザインにも関心があるときいていた。香澄の大学の友人のなかでも、一、二を争う美人らしい。

「そろそろ本気でお兄ちゃんのところに会社訪問したいらしいんだ。就職活動といっても、まだ本番じゃないけど、今度、オフィス見せてあげてよ。あの子、かわいいし、頭もいいし、とってもいい子なんだから」

秀紀は一度、遊びにきたことのある美里の顔を思いだそうとした。年の離れた妹の友人ということで、ほとんど興味をもって見ていなかった。まったくといっていいほどイメージが残っていない。香澄はうわ目づかいで、にやっと笑った。

「それにさ、美里がいってたよ。お兄ちゃん、仕事ができてカッコいいって。どう、九歳もしたのぴちぴちの女の子は。だんな、今ならお安くしときますぜ」

秀紀は返事に困って、妹の顔をじっと見つめていた。

♥

千晶は猛然と仕事を開始した。

たまっていた書類につぎつぎと目をとおし、みっつの山にわけていく。まずＯＫのもの、ついでＮＯのもの、そしてじっくりと考えなければ結論がだせないもの。三番目の書類が増えていくのが憂鬱《ゆううつ》だった。千晶にはじっくりと考える時間などなかったからである。

現在の最優先課題はシチズン・オブ・フリーダムの本格的な日本導入だった。勝負は一年だった。いや、競争が激しく、新規参入の容易なファッション業界では、半年かもしれない。そこで浮かびあがれなければ、ブランドを定着させるのは絶望的に困難になる。さいわい現在はインポートジーンズがブームなので、すでにいくつかのファッション誌から、タイアップの申しこみがきていた。

けれども、雑誌でモデルがはくだけでは十分ではなかった。広告予算も弱小ブランドでは限られている。正攻法で戦っても勝ち目はないのだ。できることなら、ファッションリーダーと目されているようなタレントに私生活で愛用してもらいたい。テレビドラマなどでつかってもらえたら、もっといいのだけれど。千晶はそんな夢のようなことを考えながら、書類の整理に励んだ。

「先輩、なにかお届けものみたいですよ。会社宛じゃなくて、千晶さんの個人名できてるんですって」

電話をとった真貴子がいう。いったいなんだろうか。実家の両親なら、恵比寿の部屋のほうへ送ってくるはずだ。しばらくして、若い女性の声がブランドマネージメント部のオフィスに響いた。

「こちらに丹野千晶さま、いらっしゃいますか。青山フロリストです」

千晶より先に真貴子が手をあげた。

「こっち、こっち。お花の届けものなんて、素晴らしいじゃないですか」

デニムのオーバーオールを着た化粧気のない店員がもってきたのは、白い箱にはいったバラの花束だった。ほかの社員から、おーっと低く歓声があがる。千晶は誇らしい気もちと恥ずかしさで混乱してしまった。

「では、こちらの伝票にサインをお願いします」

千晶はサインをしながら、送り主の欄を見た。書きなぐった文字で福田靖弘の名前が読める。真貴子ものぞきこんできた。花屋がいってしまうと、千晶は花束についたメッセージカードを開いた。

金曜は遅くまでつきあわせて、すまなかった。
久しぶりに会えて、すごくうれしかった。
ミツオカ・ジョージには話をしておくから、
今度三人でおいしいものでもたべよう。
Y.F.

カードを見た真貴子が声を裏返していった。

「わたし、やっぱり福田さんとつきあっちゃおうかな。千晶さん、そのディナーのとき、わたしも絶対に連れていってくださいね。生ミツオカ・ジョージに会えるなんて、なに着ていこうかな」

ミツオカ・ジョージは個性派の俳優である。おしゃれにうるさいので有名で、最近はテレビドラマにはほとんど出演せずに、主演映画が立て続けに公開されている。千晶は書類と資料の山に埋もれた机に、バラの花束がはいった箱をおいた。なんだか夢のようにきれいだった。思わずため息をついてしまう。

「どうしたんですか、千晶さん」

千晶はさばさばといった。

「どうもこうもないよ、マッキー。これから先の未来がない人にもらう花束って、なんか困るし、切ないよね。でも、バラには罪はないしさあ」

「先輩、カッコいい」

そういわれても、千晶はまったくよろこべなかった。どう転ぶかわからないが、ミツオカ・ジョージとのパイプを確保できたのが、すこしうれしいだけである。

♠

秀紀は昼すぎに、よろこびデザインに出社した。髪は起き抜けでぼさぼさだった。明けがたまでアキヒトとメッセージを交換していたせいで、眠たくてしかたない。髪を直す気にもならなかったのである。さいわい今日は終日来客の予定はなかった。ななめむかいの机で、比呂が立ちあがった。パーティションのむこうにちいさな顔をのぞかせる。

「もう、遅いですよ、大久保さん」

前回ののみ会で、なにか約束でもしていただろうか。とっさに口にしていた。

「ごめん、ごめん。ところで、なにかあったっけ」

「ほら、大久保さん酔ってわたしにいっていたでしょう。料理うまいのって」

そんなことをいった気もするが、秀紀の記憶にはなかった。

「そうだったかなあ」

比呂は断固とした調子でいった。

「そうです。それで、わたしの返事も覚えてないんですか」

今度は本気で頭をさげた。

「ごめんなさい。覚えてないです」

「いいです、まだお昼はたべてないですよね」

秀紀は家をでるまえに昼食をすませていた。実家の母親が毎日かつお節を削ってつくるみそ汁は、どこでたべるよりもうまいのである。炊き立てのごはんとそのみそ汁があれば、秀紀はもうおかずはいらなかった。あいまいにうなずいた。

「じゃあ、ちょっとお昼をたべにいきましょう。わたし、金曜の夜いいましたよ。料理がうまいかどうかは、わたしのつくったお弁当をたべて、秀紀さんが決めてくださいって」

その気になった女性は強かった。コンテンツ・クリエイティブ部の同僚たちが、ひやかしの声と口笛を投げてくる。秀紀は顔を赤くしたが、比呂は平然としていた。

「いきましょう」

秀紀は自分の机にデイパックをおくと、胸をはってエレベーターホールにむかう比呂に、背を丸めてついていった。

ビルの足元にある公開緑地はモダンな公園のようだった。あちこちにベンチと現代彫刻がおいてある。ほとんどのベンチは、このあたりの会社員で埋まっていた。比呂が日ざしの落ちるベンチを指さした。

「あそこが空いてます」

春も終わりで、気温はかなり上昇していた。日なたでは暑いかもしれないが、ほかに空きはない。秀紀は比呂とならんで座った。二段重ねのタッパウエアを開く。手づくりのミニハンバーグ、フルーツトマトとモッツァレラチーズのサラダ、アスパラガスのベーコン巻き、おにぎりは三種類ほどあるようだった。三角形のてっぺんに、具がすこしだけのぞいている。比呂はにっこりと笑っていった。

「家にあるありあわせの材料でつくったんです。三十パーセントくらいは甘く採点してくださいね。今度、ちゃんとまえの日にスーパーにいって、本格的に再チャレンジしますから。さあ、秀紀さん、どうぞ」

お腹はもういっぱいだったが、秀紀はフォークの先にハンバーグを刺して口に運んだ。お世辞ではなく、言葉がでてしまう。

「うまいよ、これ」

「そうですか、なんだか秀紀さんにそういわれると、うれしいな」

自分はいつから会社でも、大久保さんではなく秀紀さんになったのだろう。困った問題に頭を悩ませながら、秀紀は事務的に比呂のつくった弁当を片づけていった。

♥

千晶はその夜もキリコにメールしてしまった。

明けがた近くまでメッセージを交換していたので、さすがに自制しようと思っていた。

それでも、靖弘にもらった花束の話を誰かにきいてほしくてたまらなかったのだ。千晶の相談相手は真貴子かキリコしかいなかった。真貴子はいい子だが、職場の同僚で年したの部下である。それに妙に人の恋愛をおもしろがっているところがしゃくなのだ。

それに対して、キリコは同じ年だし、毎回真剣に千晶の話をきいて、返事を書いてくれた。あたたかで、心に沁《し》みるメッセージである。千晶はネットの世界の不思議を思った。現実に目のまえにいるリアルな人間よりも、光ファイバーのむこう側にいる顔もしらない誰かのほうが、ずっと親しく感じられる。「遠く」は近くて、「近く」は遠い。なんだかシェークスピアの名台詞のようだが、ネットの世界ではそれが逆説ではなく真実だった。

千晶はもどってきたメッセージを読んだ。自分の顔に微笑が浮かんでいることも気づかずに、液晶ディスプレイに視線を走らせる。

未来のない人からもらうプレゼントかあ……
それはちょっと切ないですよね。
まあ、アキヒトさんがもてるからいけないんだけど（笑）
ミツオカ・ジョージは紹介してもらわなきゃいけないし、
その人の誘いにのるわけにはいかないしで、板ばさみですね。

でも、ビジネスのために利用されたと思ったら
彼女は傷つくんじゃないかな。
やっぱり、紹介してもらうまえにちゃんと
ごめんなさいをしたほうが、わたしはアキヒトさんらしいと思います。

今回もまた千晶の胸の中心を射抜く返事だった。自分でも元ボーイフレンドを、シチズン・オブ・フリーダムの広告のために利用するのは、気が重かったのだ。靖弘の機嫌を損ねて、人気俳優を紹介してもらえなくても、それはそれでしかたないことだろう。千晶は自分らしさを曲げてまで、仕事の成績をあげようという人間ではなかった。
返信を打っていると、またキリコからメールが届いた。

わたしのほうも、きいてもらいたい話があるんです。
例のオフィスのちょっといいかなと思ってた人なんだけど。
今日の午後、わたしのためにお弁当をつくってきたんです。
金曜ののみ会で、料理がうまいのかとわたしがきいたらしく、
判断はお弁当をたべてからにしてくれと、彼がいったようなのです。
(ちなみに酔っ払っていて、わたしはぜんぜん覚えていません……恥)

男の人もこれからは料理ができるって大事ですからね。
お弁当自体はとてもおいしかったんだけど、複雑な気もちです。
職場で堂々と声をかけてくるし、姓ではなくしたの名前で呼ぶし……
まだ、わたしたちは正式につきあっているわけでもないのに、
どうして、あんなふうになれなれしくできるんでしょうか？
わたしも気が弱いところがあって、きっぱりとそういうことは
誤解を招くからやめてほしいといえないのです。
アキヒトさん、どうしたらいいのでしょう？？？

♠

秀紀は自分でもよくわからなかった。
比呂は決して悪い女の子ではない。仕事もしっかりしているし、顔もスタイルも平均を軽く超えていた。秀紀がこれまでにつきあった女性とくらべても、最高点かもしれない。だが、どこかに違和感を感じるのは事実なのである。恐ろしいのは、これからつきあいが深まっていけば、その違和感がどんどん強まっていくのではないかと、漠然と考えてしまっていることだった。

恋愛においては、いい予感はだいたい半分くらいしか的中しない。けれど悪い予感は、まず百パーセントはずれることはない。ダメなときは、ほぼ完全にダメなのだ。大逆転はまず望めないと思ったほうがいい。数すくない恋の経験からでさえ、秀紀にもそれくらいよくわかっていた。

同性のアキヒトに自分の性を偽って相談する。そんなねじれた関係で、大切な質問の回答を得ようというのが間違っているのは、自分でもわかっていた。けれど、晩生《おくて》の秀紀にはそんなことを気軽にきける相手が、身近なところにいないのだった。

さっそくアキヒトのメッセージがもどってくる。秀紀は目を凝らして、画面に集中した。

おたがいにどうしたんだろうね。
急にもて始めるなんて、ぼくたちらしくないです。
ぼくが花束で、キリコさんは手づくり弁当か。
なんだか、男と女の話が反対みたいだな。
でも、さっきのキリコさんの返事とぼくの返事はいっしょだよ。
もし、ほんとうにその人とつきあう気もちがないのなら、
相手がさらに熱をあげるまえに、きちんと断ったほうがいいと思う。

男なんだから、ちゃんとわかってくれるさ。

ぼくとは違って同じ職場だから、気まずいこともあるだろうけど、きちんとしておかないと、ますます彼からの攻勢は強くなるだけだよ。

なんだかその人はまわりのことが、ぜんぜん見えてないみたいだから。

「男と女の話が反対」という言葉を読んで、秀紀の心臓はでたらめにリズムを刻んだ。胸が痛くなる。アキヒトは自分が嘘をついていることをかんづいているのだろうか。男からこんな女言葉のメッセージを送りつけられたことをしったら、どんなふうに感じるのか。もうしわけない気もちでいっぱいになる。

けれども、アドバイスはごくまっとうなものだった。まじめなアキヒトらしい。やはり職場での恋愛はむずかしいことが多かった。うまくいかない可能性を感じるなら、早めに手を引いたほうが、双方に傷がすくなくていいのかもしれない。

うすうすは感じていた気もちをずばりと指摘されて、秀紀は思わずディスプレイにむかってうなずいていた。明日はきっと比呂にちゃんと話をしよう。秀紀は女性である振りを心苦しく感じながら、メッセージを打ちこんだ。

やっぱりそうですよね。

どうして、わたしたちってこんなふうに話があうのかな。いっそのこと、おたがいの悩んでいる相手ではなく、わたしたち同士でつきあっちゃえばいいのに（笑）
アキヒトさんにはわたしなんか、絶対につりあわないとわかっているのに、そんなことを考えてしまうことがあります。なんだか、わたしヘンですね。

いったいどうしたのだろうか。同じ男性相手にこんなことを書いている自分が信じられなかった。何度か迷ったけれど、指先は送信のキーを押してしまう。今夜の自分はなんだかおかしい。秀紀はぼんやりと送信終了のサインを見送った。

♥

「わたしたち同士でつきあっちゃえばいいのに（笑）」
ディスプレイに浮かんだ文字を読んで、千晶の胸は自分でもおかしくなるほど騒いでしまった。キリコは女性である。ネットのなかでは男性を演じているが、自分もやはり女性である。千晶には同性愛へのあこがれもないし、女性とつきあう気にはなれなかった。だが、キリコの文章は鋭く胸を刺したのである。不思議なのは、それが嘘をついているという痛みだけではなく、どこかに甘さもふくんでいることだった。

(もしかしたら、わたしはキリコのことを好きになっているのかもしれない)

パジャマ姿のまま、ノートパソコンにむかい千晶はぼんやりと考えてみる。つぎの瞬間には、あわてて好意を打ち消した。

(もし好きだとしても、それは人間としてで、恋愛の対象になるはずがない)

そんなふうに心を静めるのが、なんだかもったいなくも感じられるのだった。ひとりきり真夜中にパソコンにむかうのは、おかしな時間である。千晶は自分と同じファッション関係の輸入商社に勤めるアキヒトになって、返事を書いた。


キリコさんがぼくとつりあわないなんて、まったく逆です。

引け目を感じるのはぼくのほうで、キリコさんはとても素敵な女性だと思う。まだ会ったことはないけれど、心と外見にはどこかつうじるものがある。だから、キリコさんはきっと美しい人です。

自分で書いていても、どうかとは思った。けれども、キリコはオフラインで絶対に会うことはない人なのだ。いざとなったら、このソーシャル・ネットワーキング・サービスから抜けてしまえばいい。キリコは千晶の住所も電話番号もしらないのだ。どうにでもなれという気もちで、千晶は送信をクリックした。

それにしても、ネットのなかだけとはいえ、男性を演じるたのしさはなんだろうか。自由にサバンナを駆けまわる獣かゆく先も決めずに空を飛翔する鳥にでもなった気がする。千晶はもともと女性であることを、それほど不自由に感じるタイプではなかった。それでもやはり男性は気ままで自由で、好き勝手に振る舞える。周囲の視線など気にせずに自分の意見をいえると痛感する。女らしくしなければいけないという身体と心に染みついた重い鎖をもっていないのだ。

こんなことなら、男に生まれればよかった。そうしたら、キリコとだって気軽に写真を交換できるし、オフラインで会うことだってできる。

「あーあ、女なんてつまんないな」

ひとりきりの部屋のなか、千晶は椅子の背にもたれて、思い切り背伸びした。一日中机にむかっていたせいだろうか。肩がひどく凝っている。千晶は肩をまわしながら、キリコの返事を待った。

秀紀にはゲイの友人はいなかった。何年かまえに友人と新宿二丁目のバーにいったことがある。ゲイの人たちの会話はたのしかったが、自分ひとりでまた足を運ぼうとは思わなかった。同性愛に対する偏見はもっていないつもりである。

だが、アキヒトからのメッセージの最後の一行を読んで、冗談ではなく目の裏側がピンク色に染まったのだった。

「キリコさんはきっと美しい人です」

これだったのかと、秀紀は痛感した。男から見ると滑稽《こっけい》なほど、女たちは容姿を気にかける。毎日面倒な化粧をして、髪を慎重にセットし、ファッションにも細心の注意を払う。体型を維持するために、エステやジムにかよう姿は悲壮にさえ見えた。わずかな自由時間と大金を容姿のためだけに注ぎこむのである。

けれども、そんな努力のすべてが、こうしたひと言で報われるのだ。秀紀はネットのなかではキリコになり切っていた。真夜中にアキヒトにメールを書いていると、しみじみと幸福を感じることがあった。

いつも誰かと競争をして、自分の能力を証明し、なんとか成果をあげ続けなければならない男という生きかたの重苦しさ。強くないのに強いふりをし、わからないことをわかった顔でごまかし、傷ついた感情は鈍感な振りをしてやりすごす。男の虚勢を張った生活に、秀紀はときどきひどい疲労を感じることがあったのである。

だが、女性の振りをするだけで世界はまるで違って見えた。ちいさくてかわいいものに心を寄りそわせ、感情を偽らずにそのままあらわすことができる。プライドと縄張り意識だけで誰かと闘争を始めなくともいいのだ。女性として、この世界に生きているほうが、男性などよりもずっと確かな満足感を得られるのではないか。誰かに「美しい人」といわれるよろこびを、生まれて初めてしって、秀紀は宙に浮かぶ気もちだった。

やっぱりアキヒトさんは違うね。

「美しい人」なんて言葉は、普通の男性はなかなかいってくれません。

(もっとも見たことがないから、いえるだけなんだけどね……笑)

わたしは男なんてつまらないと、ずっと思っていた。

偉そうで、説教好きで、理屈ばかりで、鈍感で、女性よりもうえだと理由もなく信じている。

あんなふうに虚勢を張るのは、きっとよっぽどの弱点があるんだろうな。

男の人って、かわいそうだな。そう思っていた。

でも、アキヒトさんは違う。
優しくて、強い。
わたしを女性としてではなく、ひとりの人間として敬意をもって
あつかってくれる。それがどれほど相手をよろこばせることになるのか、
あなたにはわかっていないでしょう。
わたしたちは、いつもなにかの役割を演じるパーツとして、
このバカみたいにいそがしい世界で生きているのだから。
あなたに会えてよかった。
アキヒトさんはわたしの生きる支えです。

途中から秀紀は自分でもなにを書いているのか、よくわからなくなってしまった。男としてこの世界に生きていることに、自分がそれほどのプレッシャーを感じていたとは、アキヒトのメールを読むまで気づかなかったのである。

(男なんて、つまらないな)

いったん気づいてみると、自分の性がひどく窮屈に思えてきた。別に女性になりたいわけではないけれど、性差にとらわれるのがつまらないことに感じられたのだ。いったい自分たちのメール交換は、どこまでいくのだろう。秀紀はアキヒトとの未来がだんだ

んと恐ろしくなってきた。
ネットのやりとりには麻薬のような魅力があった。いったん見つけた心の相性があう相手は捨てがたいものがある。この調子では、また今夜も明け方までメッセージをやりとりすることになるかもしれない。
秀紀はカフェオレを二杯分つくるために、パソコンのまえを離れた。ドアのしたに紙切れが一枚さしこんであった。

お兄ちゃんへ
美里の会社訪問、今週中によろしくね。約束しちゃったから、ちゃんと対応してくれないと怒るよ。
香澄

妹からの手紙だった。また面倒なことがひとつ増えてしまった。ネットのなかだけで自分は十分満足なのだ。秀紀はリアルな世界にはもううんざりだった。

♥

翌日の午前中、千晶は靖弘に電話をかけた。セブンシップスのまえにある駐車場である。夜明けまでキリコとメールをしているので、睡眠不足で身体はふらふらだった。春の日ざしを浴びているせいか、どこか熱っぽくも感じられる。電話にでた靖弘の声は妙に元気だった。

「よう、千晶か、めずらしいな」

反対に千晶の声は沈んでいる。

「ちょっと話しておきたいことがあって……」

靖弘は千晶の様子にまったく気づかないようだった。

「おれのほうも同じだよ。電話しようと思っていたんだ。例のミツオカ・ジョージの話だけどさ、あいつがうまくつかまった。たいしたもんだろ。映画のロケが続いていたから、奇跡的なタイミングだったんだぞ」

そういわれたら、返事はひとつしかなかった。

「わあ、うれしい。どうもありがとう」

千晶は胸に秘めていたことが、どうにもいいにくくなってしまった。靖弘は一気にまくしたてる。

「それで、おれがシチズン・オブ・フリーダムのスポークスマンになったよ。染料や化学薬品をつかわないから環境負荷がすくないとか、農薬未使用のコットン農家と契約しているとか、途上国の低賃金労働には反対してるとか。千晶からきいたいい話を、まとめてジョージにレクチャーした」

頭がさがる思いだった。本来なら、それはすべて千晶の仕事なのだ。もう一度やり直す気にはなれないけれど、靖弘はいいやつだ。

「ほんとにありがとうね。でも、わたし……」

千晶の言葉をさえぎって、靖弘がいった。

「そうしたら、ジョージがなんていったと思う?」

「……わからないけど」

「あいつもさ、しりあいのスタイリストからシチズンの話きいていたんだって。よかっただろ。今度の映画は売れない小説家の役なんだけど、そのなかで衣装として考えてもいいってさ」

話は意外な展開になってきた。寝不足でもこんなグッドニュースなら大歓迎である。

千晶は駐車場でちいさくジャンプしてしまった。

「やったー、うれしい。みんな靖弘のおかげだよ。ほんとに感謝してる。ありがとうね」

自慢げな靖弘のふくみ笑いが耳元できこえた。

「それで急なんだけど、千晶は今日の夜、空いてないか? ジョージとのむことになってるんだ。そのときにシチズン・オブ・フリーダムのジーンズを何本か、もってきてもらいたい。あいつもいそがしいから、今日以外はダメなんだそうだ。どうする、用意できるか」

返事はひとつしかなかった。そんな話なら、トラック一台分のジーンズを運んでもいいくらいだ。

「わかりました。会議があるけど、そっちのほうはパスして駆けつけるね。場所はどこ」

靖弘の声もはずんでいた。

「白金にあるイタリアンだ。奥の個室を頼んであるから、夜七時にきてくれ。あとでファックスを送っておく」

「わかった。それでね、靖弘……」

早くいわなければ、もっと気まずくなるだろう。千晶はもう一度つきあってくれという男の言葉につらい返事をしようとした。だが、靖弘はあわてて声をあげる。

「ちょっと待って、副編集長が呼んでる。じゃあ、今夜な。たのしみにしてるから」

携帯電話は急に切れてしまった。ファッションリーダーでもある俳優ミツオカ・ジョージに会えるのはうれしかった。まして先方からシチズン・オブ・フリーダムのジーンズに興味をもってくれたときいて、跳びあがるほど感激した。

けれども、昔のボーイフレンドをいいように利用したという思いは抜けなかった。仕事のために、自分の女としてのカードをつかうのは千晶のプライドが許さない。オフィスにもどる千晶の胸のうちは複雑だった。足どりも重くなってしまう。

だが、仕事は待ってくれなかった。社長プレゼン以来の山場がやってきたのだ。となりのデスクにむかう真貴子にいった。

「シチズンのジーンズ、すべての型をサイズ違いで用意して。今夜、ミツオカ・ジョージに売りこむから」

きゃー、悲鳴のような声をあげて、真貴子が立ちあがった。

「千晶先輩、わたしも連れていってくれるんですよね」

「もちろん。ジーンズを三十本なんて、わたしひとりじゃもてないもの」

千晶は真貴子とふたり、会社の裏手にある倉庫にむかった。ダンボールの山を漁り、ほこりまみれになるのだ。今日の午後は力仕事に決定である。ファッションの世界は華やかだなどというけれど、裏方はいつだって汚れ役だった。

♠

秀紀はよろこびデザインで、ぼんやりとキーボードにむかっていた。IT業界は深夜残業が多いので、もともと秀紀は夜が強かったのだが、さすがにこの数日は厳しかった。

キーボードをたたく指先にも力がまったくはいらない。アキヒトとのメッセージ交換には、それほどの魅力があった。

比呂のデスクのほうには目をむけないようにして仕事を続けた。アキヒトにいわれたとおり、あまり深いりするまえに、比呂には伝えるつもりだった。おつきあいはできない。これからは職場のただの同僚にもどってほしい。いったいどんな状況で、そんな言葉を切りだせばいいのか、想像しただけで汗をかきそうだ。

「大久保くん」

秀紀はゆっくりとディスプレイから顔をあげた。同期の片桐沙織《かたぎりさおり》が立っている。ジーンズはシチズン・オブ・フリーダムだった。スタイルのいい沙織には、よく似あっていた。

「これ、新しいサイトの開発趣意書。つぎのミーティングまでに読んでおいて」

沙織は女っぽい名前とは正反対のあっさりとした性格である。以前、とんでもなくわがままなクライアントの仕事で、一週間ほどいっしょに会社に泊まりこんだことがあった。今では戦友のように気軽に口をきける友人だった。異性で気安く話せるのは、妹の香澄と沙織くらいのものである。

「なに、ぼーっとしてるの。大久保くん、また徹夜した？」

秀紀は三十ページはある分厚い企画書を受けとった。思いついていってみる。

「ねえ、サオリッチ、ちょっと話をきいてくんないかな」

沙織は腰に両手をあてて、うんざりした顔をする。

「どうでもいいけど、オフィスでその名前で呼ぶのやめてくれない。グーでなぐるよ」

それは昔の恋人が沙織を呼んだニックネームである。酔っ払って、その話をききだしたときには、秀紀は大笑いしたものだ。

「ごめん、でもまじめな話なんだ。ちょっとうえのカフェにいかないか」

「別にいいけど。なによ、そんなに充血した目をして。大久保くん、必死だね」

秀紀はディスプレイに開いていた制作中のホームページのウインドウを閉じて、椅子から立ちあがった。ちらりとななめむかいの机を見る。中腰で伸びあがるようにして、比呂がこちらの様子をうかがっている。秀紀はそしらぬ振りで、沙織にいった。

「今日はこっちがおごる。最近、きついことが多くてさ」

沙織は平然といった。

「きついことがない大人なんて、この世界にいるのかね」

オフィスをでて、高層ビルの中央部にあるエレベーターホールにむかった。秀紀はそのあいだ、ねばりつくような比呂の視線を背中に感じ続けていた。

社員用のカフェはひとつうえのフロアの一角にあった。足元から天井まで伸びる窓のすぐそこに、灰青色の東京湾が落ちている。白い丸テーブルの半分ほどが、首からＩＣタグのついた社員証をさげたよろこびデザインの若いスタッフで埋まっていた。誰もがジーンズやチノパンなど、くつろいだファッションだ。

沙織とふたり分のアイスラテをのせたトレイを窓際のテーブルにおいた。ガムシロップをたっぷりいれたラテをひと口のむ。秀紀は甘くないコーヒーはのめなかった。

「サオリッチ、久しぶりだね」

沙織はシチズン・オブ・フリーダムのジーンズをはいた足を組んでいた。スニーカーのつま先が、秀紀のすねにあたる。

「痛っ、なにすんだよ」

「だから、そのあだ名で呼ばないでっていってるでしょう。あの男には悪い思い出しかないんだから。で、相談ってなんなの。わたしだって、いそがしいんだからね」

秀紀は腕組みをして考えた。今朝は夜明けまでアキヒトに比呂をどうしたらいいか、相談していた。そして、今はそのアキヒトとの関係をどうしたらいいか、沙織に相談するのだ。自分はいつから、こんな相談マニアになったのだろうか。

「どこから話したらいいのかな。ヴィレッジゲートで、おもしろいブログを見つけた。本やファッションの輸入商社で働いているアキヒトっていう男性がやってるやつなんだ。本や映画や音楽の趣味がぼくによく似てて、文章もなんだか感じがいい」

沙織はガムシロップをいれずにアイスラテをのんだ。長身でやせていて、さばさばと外見は男っぽいけれど、意外と内面は女性的なことを秀紀はしっている。

「そう、よくある話だと思うけど」

「それでメッセージを打ってみた」

「はいはい、メル友になったのね」

秀紀はため息をついた。ここからが問題なのだ。真剣な表情でテーブルに身体をのりだした。

「誰にもいわないと約束してくれるか」

逆に沙織は椅子でのけぞるように身体を引いた。

「なあに、それ……別に約束してもいいけど。なんか、気もち悪いな」

秀紀はその言葉ですこし傷ついたが、一気に話した。

「ぼくはあのSNSでは、女性名で登録しているんだ。しばらくまえに女の子がらみで嫌なことがあってね。自分がすごく嫌になっていた。今の自分を変えたい、そんな気もちだったのかもしれない」

「ふーん、それでハンドルネームはなんていうの」

秀紀の声は消えいるようにちいさくなった。

「キリコ」

「ヒデキにキリコか。なんだ、しりとりじゃない」

笑いだした沙織を無視して、秀紀はいった。

「最初は軽い冗談のつもりだったんだ。だけど、長いあいだメールのやりとりをしているうちにだんだん真剣になってきて。昨日の夜も、そのまえの夜も、ほとんど徹夜でメッセージ交換をしてる」

「大久保くんがネットおかまねえ……ひょっとして、あなた、潜在的にゲイの志向をもってるのかな。ずばりきくけど、オナニーのときはどっちを思い浮かべる？」

沙織の質問はこれ以上はないほどストレートだった。午後の明るい日ざしがさす地上三十四階のカフェで、そんな質問にこたえなければいけない自分が急に情けなくなった。

「女の子だよ。決まってるだろ。でも、アキヒトはすごくいい人で、ネットで話しているとぴたりとフィットするんだ。よくいうじゃないか、運命的に結ばれる相手のことを魂の双子なんてさ」

テーブルに伏せて、沙織は大笑いした。

「運命的に結ばれる相手が、男性なんだ。大久保くんはノンケの異性愛者なのに」

「笑うなよ。こっちは真剣なんだから」

「そんなに真っ赤な目をしてにらまないでよ。さっさとカミングアウトしちゃえば、いいじゃないの。恋人にはなれなくても、魂の双子ならきっと親友にはなれるよ」

「そう簡単にはいかないだろ、普通は。ネットおかまにだまされて、何カ月にもなるんだぞ。しかも、最近はメールがだんだんと危ないほうに流れてるんだ」

沙織もまじめな顔つきになった。

「それって、もしかしてオフラインとか……」

秀紀は両手をテーブルにつき、頭を抱えた。

「そうなんだ。こんなに気があうんだから、実際に会ってみたら、どんな感じなんだろうとかね。沙織だって、経験あるだろう。誰だって五時間もメッセージやりとりしてると、頭のなかがへろへろになって、ついそんなこと書いちゃうんだよ」

沙織はネットで出会った相手とつきあったことがあると、秀紀は以前きいていた。

「わかるよ。困ったことになったね。大久保くんは、そのアキヒトを失いたくない」

「そう」

「だけど、男だから会うことはできない」

「そう」

にっと笑って沙織はいった。

「じゃあ、あきらめたほうがいいんじゃない」

「真剣に考えてくれよ、こっちは誰にもいえなくて、本気で困ってるんだから」

沙織は腕組みをして眉を寄せた。秀紀は女教師のまえで決定的な判定を待つ生徒の気分になった。

♥

セブンシップスの倉庫はひんやりと薄暗かった。千晶と真貴子はスチール製のユニット棚にずらりとならんだダンボールをつぎつぎと開封していた。ミツオカ・ジョージは百八十センチを超える長身だが、ウエストは細かった。靖弘には29インチか30インチときいている。通常のショップであつかう商品だけでなく、サンプル品までかき集めてシチズン・オブ・フリーダムの全ジーンズを、28から32インチまでのサイズ違いでもっていくつもりだ。千晶はクリップボードのうえで、ジーンズの型番ごとにそろったサイズを消していった。

「ねえ、マッキー、ネットおなべってどう思う?」

「インターネットで売ってる圧力鍋ですか。あれって、ひとつでなんでもつくれるって、きいたことあるけど」

「ううん、違うの。ネットのなかで、男性の振りをしてる女の人のこと」

「しってます、それでナンパとかするんですよね。最悪、女性の敵かな」

千晶はクリップボードを抱えて、深々とため息をついた。

「女性の敵か。やっぱり、わたしもそうなのかな」

真貴子が両手にジーンズをもって立ちあがった。

「モデル367、29インチと30インチ見つかりました。もしかして、千晶さんがそのネットおなべなんですか」

千晶はさばさばといった。

「そうなの。それでこのごろ毎晩徹夜して、女の子とメッセージ交換してるんだ。わたし変なのかな。でも相手はキリコっていって、すごくいい子なのよ」

真貴子はつぎのジーンズを探し始めた。

「まさか、本気でレズビアンなわけじゃないですよね、千晶先輩」

「マッキーだって靖弘に会ったでしょう。あれでもいちおう元彼だから」

「だったら、簡単じゃないですか。自分は女だったといって、ごめんなさいする。あとはいいお友達」

千晶のため息はさっきのものよりおおきくなった。

「それが、そう簡単にはいかないの。どうやらむこうは、わたしが演じてる男性キャラのことが好きみたいなんだよね。アキヒトっていうんだけど。かなり真剣みたい」

「やりますね、千晶さん」

真貴子は縦ロールの毛先を倉庫のほこりまみれにして、笑いかけてきた。

「千晶先輩ったら、男にも女にももてるんですね」

真貴子は無邪気に感心しているようだが、千晶の気もちは複雑だった。靖弘は復活の可能性がない元彼だし、キリコは同性なのだ。どちらにしても、もてること自体がまるでプラスにならない相手だった。

「モデル367の31と32インチは、同じ箱にはいってないの」

千晶がそういうと、髪を振り乱して真貴子がダンボールを探った。倉庫のなかにほこりの渦が巻く。

「もう、せっかくのお洋服がぼろぼろになっちゃう。この箱のなかにはありません」

「わかった。手を貸すね」

千晶はクリップボードをおいて、スチール棚に移動した。真貴子と力をあわせて、うえの段からダンボール箱をおろした。ジーンズが三十本もはいった箱は、かなりの重さでとてもひとりでは扱えない。

「これやると、マニキュアが一発でダメになるんですよね」

真貴子がとがった爪の先でガムテープをはがしていた。寝不足になった千晶の生あくびはとまらない。

「だいじょうぶですか、先輩。でも、そんなこと急にわたしにきいて、どうしようっていうんですか」

千晶はこれまで誰かに恋愛相談などしたことはなかった。いつだって自分の恋のゆくえはひとりで決めてきたのだ。

「なんでなのかな……自分でも不思議」

新しいダンボールのなかから真貴子がジーンズを抜きだした。腰についた革パッチを確認する。

「ありました。モデル367の31と32インチ。これなんかミツオカ・ジョージにぴったりだと思うんだけど。あの人、細いから」

モデル367は鉛筆のようなシルエットのスリムジーンズである。千晶がクリップボードにチェックをいれると、真貴子はいった。

「もしかすると、真剣なのかもしれませんね」

顔をあげて、真貴子に目をやった。ダンボールの横にしゃがみこんで、真貴子はじっと千晶を見あげている。

「えっ、なにが」

「だから、キリコさんのことですよ。千晶先輩って、仕事でも恋愛でも迷うことってなかったじゃないですか。でも、今回は迷っている。ということは、それだけ大切にしたいという気もちのあらわれなんじゃないかな」

ほんとうにそうなのだろうか。千晶は自分でもよくわからなかった。真貴子はまじめな顔をしていう。

「わたしは千晶先輩がレズビアンでも、ずっと友達ですから。ぜんぜん、悪いことじゃないと思うし」

千晶は思わず笑いだしてしまった。倉庫のなかに舞うほこりを吸って、今度はくしゃみがとまらなくなる。目に涙を浮かべていった。

「マッキー、そっちのほうは心配ないよ。でも、あなたのいうとおりなのかもしれないな。キリコのこと、わたしはけっこう好きなんだと思う。それは人としてで、あんまり男性とか女性とかっていう分けかたとは違うんだけど」

真貴子も安心したように笑っていた。

「よかった。やっぱり千晶先輩が元気ないのは、似あわないです。わたし、あんまり頭よくないからわからないけど、ものごとをはっきりさせるばかりがいいわけじゃないと思うんですよね。適当に嘘をついておくとか、ごまかしておく。そういうのも、悪くないし、相手のためにもなることがある」

「マッキー、大人の意見だね。そういって、二股かけた男とかいたんでしょう」

真貴子はニッと笑って、新しいジーンズを探し始めた。

「そりゃあ、女だって三十年近くも生きてれば、いろいろありますよ。恋に悩むのは、なにも先輩だけじゃないんですからね」

ふたりはセブンシップスの倉庫のなかで、声をそろえて笑った。きっとこれからも、いろいろとあることだろう。生きている限り、愚かな恋の悩みはついてまわるのだ。もちろん、結婚がその悩みに終止符を打つなどというのは、伝説にすぎない。千晶のまわりの結婚した友人たちは、今度は夫（とその他の男性）とのことでやはり頭を悩ませている。男というのは、単純で愚かなくせに、まったく謎の生きものである。

「さあ、ミツオカ・ジョージのジーンズ探しちゃおう」

「あんないい男のためなら、探しがいもありますからね」

ふたりは新しいダンボールに手をかけて中身を抜きだし、一本数万円もするデニムの山をつくった。

♠

「大久保くんさ、ちょっと頭冷やしたほうがいいんじゃないの」

冷静どころか、氷のように冷たい沙織の言葉だった。黙っていると、沙織は追いつめるようにいう。

「だってさ、このところしばらく恋愛してないでしょう。人間不信になってる時期も長いみたいだしね。しってる？」

秀紀の声はつい防御的になってしまう。沙織は企画会議でもこの調子で相手をやりこめ、いい年の先輩社員を涙目にさせたことがある。

「……な、なにを」

「詐欺に引っかかりやすいのは、簡単に人を信じる人より、疑り深い人なんだって。疑り深い人は最初はなかなか相手を信用しないけど、一度信じるとどこまでもいってしまう。今の大久保くんに似てないかな」

秀紀には意味がわからなかった。それとアキヒトのことがどう関係してくるのだろうか。しかたがないので、なにかを考えている顔をしてアイスラテをのんだ。このカフェは社員食堂兼用の割には本格的なラテをだすのだ。

「大久保くんは女性に傷つけられた、だから信用しないとかいってるけど、ほんとうはすごく恋愛したいんだよ。誰か自分のことだけを見つめていてくれる人がほしくてたまらない。そういう気もちがあふれちゃって、今度は男性のほうにまでむかったんじゃないかな」

そういわれると、なぜかしっくりくるところがあった。ぽつりと漏らした。

「そんなものかな……」

沙織は微笑んで、秀紀を見ている。

「人間てさ、いつもえらそうなことばっかりいってるけど、みんな淋しいんだよね。ひとりで生まれて、ひとりで生きて、ひとりで死ぬ。せめて生きてるあいだだけでも、自分のほうだけを誠実にむいていてくれる人がほしくてたまらないんだよ、きっと」

急にほろりとするようなことを沙織はいった。秀紀も思わずつっこんでいた。

「そっちもやっぱり、そうなのか」

いたずらの現場を見つかったような表情で、沙織はさばさばという。

「もちろん、そうだよ。それにここにいるうちの社員」

右手をあげて、明るい午後の日ざしがさしこむ三十四階のカフェを示した。

「ここにいて、涼しい顔で仕事の話なんかしてる全員がそうだよ」

沙織の視線は開くことのない窓のむこうにむかった。秀紀もおもちゃのような東京の街を見おろす。春の終わりの空は、穏やかに青く濁っていた。

「それに、あのしたのほうで懸命に走りまわってるみんなもそう。わたし、ときどき思うんだけど、人間てみんなかわいくて、悲しいよね」

秀紀はただうなずいて、アイスラテをのむだけだった。

♥

タクシーをおりたのは白金だった。運転手に頼んで、トランクを開けてもらう。千晶と真貴子で腕は四本。おおきな紙袋よっつには、シチズン・オブ・フリーダムのジーンズが数十本つめこまれている。

「ここですよね、先輩」

ちいさな黒板が静かな住宅街の路上にだされていた。白墨で手書きされたメニューがならんでいる。前庭にクスノキが植わったひっそりとした一軒家だった。千晶と真貴子は両手におおきな紙袋をさげて、暗い洋館を見あげていた。さすがに芸能人となると、こういう隠れ家レストランをお忍びでつかうのかもしれない。

ドアを開けると外国人のウエイターが待っていた。ふたりのために重い木製の扉を開けたままにしてくれる。こういうとき、なぜ外国の人はずっと同じ笑顔でいられるのだろうか。顔の筋肉が疲れないのが不思議だ。

「福田さんで予約しているんですが」

金髪のウエイターはなめらかな日本語でいった。

「お待ちしておりました。もう先にお見えですよ」

オイルの染みこんだ廊下をすすみ、何度か角を曲がるとレストランの一番奥の部屋についたようだ。こつこつとノックして、ウエイターが声をかけた。

「お連れさまがいらっしゃいました」

室内から靖弘の声がする。

「おー、よくきたな。待ってたよ、千晶」

ミツオカ・ジョージには以前自分とつきあっていたと、靖弘は伝えてあるのだろうか。それなら、どうにも話がしにくくなる。千晶と真貴子が部屋にはいると、ミツオカ・ジョージがさっと立ちあがった。さすがに背が高く、ほっそりしている。顔のおおきさなど中学生のようだ。そこに彫りの深いエキセントリックな顔立ちが整っている。

「あら、いらっしゃい」

ジョージはテーブルをまわって、千晶の紙袋を取った。空いている椅子のうえにのせてくれる。そっと腰のうしろに手をまわして、ほんの数メートルの距離をエスコートしてくれた。その手の感覚で千晶は直感した。

（……この人、ゲイだ）

千晶のいるファッション業界では、同性愛の男性はめずらしくなかった。ヘアメイクやスタイリスト、デザイナーやプレス、美しいものを扱う職業につく男性はゲイである確率が一般社会よりもかなり高い。

テレビのCFで見るエッジのきいたハンサムというだけでなく、実際に会ったミツオカ・ジョージには女性的な雰囲気が強かった。靖弘はいう。

「もう紹介するまでもないよな。こいつがジョージで、そっちがセブンシップスという輸入商社でシチズン・オブ・フリーダムのマネージメントをしてる丹野千晶さん、アシスタントのマッキー」

真貴子が頬をふくらませる真似をした。

「どうして、わたしはあだ名なんですか。森尾真貴子です。ずっとジョージさんの大ファンでした。やっぱり実物もカッコいいです」

ミツオカ・ジョージは商売用の笑顔をつくった。席に着くと靖弘はシャンパンをよっつ注文する。

「まず食事にしよう。ジーンズの話も、仕事の話もみんながくつろいでからだ。料理はコースで注文してあるから」

千晶はテーブルにならぶぴかぴかの銀食器とワイングラスの林を見た。きっとここの領収書はかなりの金額になるに違いない。まったく靖弘ときたら、よその会社のツケでのむときは、遠慮せずに高い店を予約するんだから。

「どうかしたのか、千晶」

千晶も営業用の笑顔を固定した。

「別になんでも……ジョージさんなら、うちのジーンズがよく似あうだろうと思って」

こつこつとノックの音が響いて、先ほどの金髪のウエイターが前菜の皿をもってやってきた。ミツオカ・ジョージはテーブルで舞うウエイターの指先をじっと目で追っていた。けっこうタイプなのかもしれない。

♠

その夜、秀紀はひとりで考えていた。心のなかでは沙織の言葉がぐるぐるとまわっている。

（大久保くんはほんとうはすごく恋愛したいんだよ。誰か自分のことだけを見つめていてくれる人がほしくてたまらないんだ）

秀紀は暑がりなので、自分の部屋のベッドのうえでTシャツ一枚にトランクスの姿だった。とても恋愛をしたくてたまらない人間のようには見えないだろう。このトランクスはやはりゴムがきつくてダメだ。腰まわりがかゆくてたまらない。三十代が近づいて、ややたるみだした腹をぼりぼりとかく。

（これで恋愛したいなんて、バカみたいだな）

きっとアキヒトなら、自分よりもっとスマートに女性ともつきあえるに違いない。ネットおかまなどをしながら、いったいどこにむかおうとしているのか。自分でも自分の気もちがよくわからなかった。

生ぬるい空気が部屋のなかにまで満ちた春の夜である。通りに面した窓は全開にしてあった。はるかしたのほうから、街の音が部屋に流れこんでくる。自分はいつまでこうしてひとりきりで眠るのだろうか。毎晩となりに誰かがいてくれるような日々はやってこないのだろうか。いいかげんひとりでいることに傷ついて、秀紀はベッドからがばりと起きあがった。

液晶テレビをつけてみる。深夜番組は見るに堪えないものばかりだった。なぜ、みんなこれほど必死になって笑おうとするのだろうか。コメディショーが痛々しく見えてしかたない。テレビを消して、デスクのパソコンにむかった。

このところ、ほぼ徹夜に近い状態でアキヒトとメッセージ交換をしていた。今夜はもうパソコンは封印しようと思っていたのだ。だが、マウスは自然に動いて、ヴィレッジゲートに接続してしまう。

(一通だけメッセージを送ろう、短いのを一通だけ)

秀紀はキーボードのうえに指を走らせた。

今日の午後、会社のカフェで友人にいわれました。

キリコは、実はすごく恋愛がしたいんだよ。

誰か自分のことだけを見てくれる人がほしくてたまらないんだ。

そういわれて、なにか胸に刺さるものがありました。

今夜はやめておこうと思ったのに、

（オフィスでは睡眠不足でふらふらでした）
こうしてまたメッセージを書いているし。
わたしもアキヒトさんみたいに軽やかに生きられたらいいなあ。
これはひとり言なので、返事はいりません。
ミツオカ・ジョージとは会えそうですか。
アキヒトさんには自分だけを見てくれる人がいるのでしょうか？
おやすみなさい。わたしも今夜は眠ります。

♥

秀紀は自分の書いたメッセージを読み直して、切なくなってしまった。これでは恋する女の子ではないか。だが、マウスにのせた手がためらったのはほんの一瞬である。秀紀のメールは光の速度でアキヒトの元に送られていった。

ミツオカ・ジョージは素晴らしい食欲を見せた。この細い身体のどこにはいるのだろうかという勢いで、かなり重めのイタリアンを平らげていく。ワインも水のように口にしていた。会話の調子は完全に女友達ムードである。

「ほら、ぼくはこういう人だから」

マニキュアの指先の両手を開いて、自分の胸にあてた。にっこりと笑う。

「デビューしたころは隠さずに自分がゲイだといっていたんだけど、売れだしたら事務所からストップがかかって」

横目で千晶を見た。切れ長の目は鋭い色気を放っている。

「ほら、コマーシャルとかあるでしょう。スポンサーがやっぱり嫌がるんだよね。ぼくはほんとうなら映画だけで生活したいけど、それだと事務所がもたないから。映画はすごくやりがいがある。でも、ギャラは安いしね」

ミツオカ・ジョージの事務所は大手ではなかった。売れているのは、ジョージだけといっていい。軽く酔った真貴子がいった。

「でも、ジョージさんくらいビッグスターになれば、ぜんぜん問題ないと思うけど」

首を横に振って、ジョージは目を伏せた。

「何年かまえまですごく活躍していた人が、気がついたらいなくなっている。そういうのがあたりまえの世界だから。ぼくだっていつまで走れるかわからないよ。だから、目のまえの仕事に全力でぶつかる。それを繰り返すしか、できることはないんだ」

靖弘はジョージの肩に手を伸ばし、強くもみほぐすようにした。ジョージの表情がやわらぐ。撮影中に緊張している新人モデルをほぐすとき、靖弘がよくつかう手だった。

ジョージはそんな女の子扱いがうれしいようだ。まんざらでもない表情をしている。

「ジョージは自分の力を過小評価してるんだ。いい芝居をするし、センスがいいし、そのへんのジャリタレと違って、ファン層もすごくいい。心配することなんてないさ。おまえのことを見てくれる人が必ずいるよ」

大勢の人のまえに立ち、自分の身体でなにかを表現する。それはとても厳しい仕事なのだろう。俳優は自分を客観的に見ることができないから、いつも他者からの評価に揺れているのかもしれない。千晶は気もちをこめていった。

「福田さんのいうとおりです。うちの業界では誰もが、ジョージさんに自分のところの服を着てもらいたがってますよ」

ジョージは正面から千晶を見つめた。

「千晶さんは靖弘とつきあっていたときいたけど、ほんとうにそうなの」

千晶はちらりと靖弘に目をやった。昔の男は涼しい顔をしている。

「ええ、ほんとです。今はつきあっていないけど」

今度手を伸ばしたのはジョージだった。テーブルのうえにおいた靖弘の手に自分の手をのせる。靖弘はバイセクシュアルではなかったはずだが、ジョージの手をやさしくにぎり返した。

「彼に相談されたんだ。昔のことが忘れられなくて、もう一度やり直したい相手がいる。

そうきいて、千晶さんに会ってみる気になった。もちろん、シチズン・オブ・フリーダムのジーンズはしっていたけれどね」

千晶は返事に困ってしまった。ここで若いスター俳優の心をつかんでおきたい。新しいブランドを日本に導入するには、それがどれほどの力になるか、千晶にはよくわかっていた。けれども、靖弘ともう一度つきあうなんて無理なのだ。すぎたときは二度と同じようにもどらない。

「ごめんなさい。わたしはちょっと靖弘に甘えすぎていたかもしれない。自分の都合ばかり考えて……」

千晶は靖弘を見て、ジョージを見た。ゆっくりと間をとっていう。

「靖弘とつきあわなくちゃ、ジョージさんがうちのジーンズをはけないというなら、やっぱりそれはできません」

「千晶先輩」

真貴子が悲鳴のような声をあげた。

「いいよ、マッキー。なんだか女の武器を半分だけつかって、こんなふうにセッティングしてもらうこと自体、わたしらしくなかったんだ。でも、ジョージさん、せっかくシチズン・オブ・フリーダムのジーンズ何十本ももってきたんだから、おみやげに気にいったのもって帰ってください。別につぎの映画で着てほしいなんていわないですから」

　ジョージはいたずらでもするように目を丸くして見せた。もともと目がおおきいから、そうすると澄んだ眼球が半分ほどあらわになる。

「さすが、靖弘ね」

　ジョージは靖弘の手を軽くたたいて、自分の手を引っこめた。

「きちんといい子とつきあっていたじゃない。ぼくは千晶さんがほんとうのことをいわなければ、ジーンズの話はなしにしようと思っていた。昔の男を色仕掛けで動かして、金もうけするなんて、最低だもんね。でも、千晶さんは度胸もあるし、意地もあるし、なかなかいい女。ぼくには負けるけどね。さあ、ジーンズ見せてもらおうかな」

「やったー」

　真貴子が猫足の椅子から跳びあがった。おおきな紙袋を開いて、つぎつぎとジーンズを引っ張りだしている。ジョージは名刺に万年筆でなにか書いていた。

「千晶さん、これぼくの名刺と携帯のアドレス。つぎの映画の撮影とそのあとのＰＲのあいだ、ちゃんとジーンズはくからね」

　千晶はジョージに抱きつきたい気分だった。

「ありがとうございます。わたし、なんて感謝したらいいのか……」

　名刺を受け取り、頭をさげた。ジョージは微笑んでいう。

「いいのよ。ぼくたちはもう友達なんだから」

靖弘がそっぽをむいて、ぼそりといった。

「ジョージはいつも気むずかしいくせに、たまに気まぐれで誰かにすごく親切にしてやることがあるんだよ。退屈した女王さまみたいなもんだな」

ジョージはホステスが客の肩をたたくように平手で靖弘の肩をなでた。

「なにいってるの、千晶さんにしても靖弘にしても、ちゃんと相手を見てやってるでしょう」

両肩に男もののジーンズをかけた真貴子が情けない顔でいった。

「ジョージさん、わたしはどうなんですか」

「あんたは十年早いの。もっと女の修行をしなさい」

真貴子はチークをぼかした頰を思い切りふくらませる。

「えー、ひどいです」

ジョージはあっさり無視して、テーブルに広げられたジーンズを手にとった。

「あなた、ゲイの男のまえでかわいこぶったって、効果はマイナスよ。このモデル367っていうの、いいわね」

ジョージはいつの間にか完全に女言葉になっていた。ようやくくつろいできたようだ。

ひざのうえのナプキンをテーブルのわきにおいて、長身の俳優は立ちあがった。

「ここは関係者だけだからいいよね。ちょっと試着してみる」

そういうとコーデュロイのパンツを脱いでしまった。レストランの個室で、声をかけるまでウエイターがこないとはいえ大胆である。千晶は見るつもりはなかったが、ミツオカ・ジョージの下着姿を見てしまった。グレイのボクサーショーツに、ほっそりと筋肉のついた長い脚。とてもきれいな身体だった。

「もうっ、カメラがないのが残念です」

真貴子が顔を赤くして、ジョージにモデル367を手わたした。

「そんなに見てると、みんなみたいにぼくのことを好きになるよ」

若い俳優は千晶にウィンクして、そういった。

その夜、ミツオカ・ジョージは自分でセレクトした六本のジーンズをもち帰った。靖弘が呼んだハイヤーにのりこむとき、手を振って明るくいう。

「シチズン・オブ・フリーダムって、ぼくにぴったりみたい。パターンが身体にあってるのかなあ。大事にはかせてもらうからね」

若い俳優は二十本近いジーンズを試着して、慎重に選んだのである。ジョージは千晶から靖弘に目をやった。

「このあとはふたりでご自由に。でも、千晶ちゃんはなかなか手ごわいと思うな。ダメだったら、今度ぼくがなぐさめてあげる」

「おいおい勘弁してくれよ」

ジョージは千晶のうしろでちいさくなっていた真貴子に気づいたようだ。

「マッキー、あんたはふたりの邪魔をしたらいけないよ。いい男なら、つぎにぼくが紹介してあげるから」

こうした気配りが自然にできるところも、ジョージの魅力だ。千晶は興奮してそう考えた。黒塗りのセダンのテールランプがゆっくりと遠ざかっていく。春の夜、白金の住宅街はやわらかに静かだ。

「さて、おれたちもいくか」

びっくりした顔をして、真貴子がいった。

「あれ、福田さん、もうおしまいなんですか。わたしのことなら気にしなくていいですよ。ひとりでタクシーで帰れますから」

靖弘はちらりと千晶を見た。軽く首を横に振っていう。

「いいんだ。さっきの千晶の言葉であきらめがついた。だいたい別れた女のことを恋しがるなんて、おれらしくなかったんだ。それにしても、はっきりいわれたなあ」

口を開くと同時に、千晶は頭をさげていた。

「ごめんなさい。なんだかあなたを利用した形になってしまって。わたしは仕事のことばかりしか見てなくて、靖弘のこと考えてなかった」

別れた男は微笑んで、千晶を見た。それはつきあっていたころには見せたことがないくらい優しい笑みである。

「ほんとにいいんだ。ジョージのいうとおりだ。くやしいけど千晶はいい女になったなあ」

真貴子がなぜかハンカチで目の端から涙を吸いあげていた。

「福田さん、カッコよすぎます。千晶先輩から受けた傷が癒えたら、わたしが立候補してもいいですか」

靖弘はちらりと真貴子に目をやった。

「そいつは遠慮させてくれ」

「ひどいですー、みんな、千晶先輩ばっかり」

真夜中の路上で千晶と靖弘の笑い声がはじけた。真貴子は泣き笑いの顔で、ハンカチをつかっている。それから三人はタクシーを拾うために、おおきな通りにむかった。千晶と真貴子の手には、すこしだけ軽くなった紙袋がさがっている。春の夜の空気は、胸のなかに軽々とはいってくる。

「それよりさ、千晶には好きなやつはいないのか」

真貴子がいたずらっぽい目をして、千晶を見た。

「ダメだよ、マッキー」

かまわずに真貴子はいう。

「千晶さん、好きっていうか、気になる人がいるんです」

「誰なんだよ。どんな男だ」

真貴子が笑って千晶を見ていた。

「男じゃなくて、女です。千晶先輩、最近女の子とのメールにはまっていて」

千晶は困った顔をして、酔っ払った後輩にいった。

「もうやめてよ、マッキー」

靖弘は路上で頭を抱えていた。

「なんだよ、あの相手とまだメール交換してるのか。おれのまわりにいるやつは、みんな同性愛に走ってるのかなあ。日本はどうなっちまったんだ」

「もう、そんなんじゃないったら。おかしなことばかりいわないでよ、マッキー」

景気が回復してきたせいだろうか、大通りではなかなかタクシーがつかまらなかった。

その夜、千晶が恵比寿の自宅に帰ったのは、深夜一時すぎである。一日の成果に満足して、千晶はパソコンをチェックすることもなかった。起動させるのが面倒だったのである。

♠

そのころ秀紀は夢を見ていた。

夢のなかで秀紀は何人もの女性にかこまれている。比呂もいる、沙織もいる、妹の香澄もいる。それどころか、顔がよく思いだせない妹の友人・美里までいるのだ。場所はよろこびデザインのカフェだった。三十四階の窓からは汐留のオフィスビルが鏡のようにくっきりと見える。

「ねえ、秀紀さん」

色っぽい流し目を投げて、比呂がいった。

「最近、趣味が変わってきたんだってね。香澄ちゃんからきいたよ」

なぜうちの妹のことを比呂がしっているんだろう。不思議に思いながら、秀紀はあたふたとこたえる。

「なんのことか、ぜんぜんわからないんだけど……」

「そんなことないでしょう、大久保くん」

そういったのは沙織である。気心のしれた同期の仲間がいった。

「だって、このごろは女性よりも男性のほうが好きになったんだよね。会社中で評判だよ」

あわてて秀紀は香澄に目をやった。大学生の妹は平気な顔でそっぽをむいている。

「やめてくれよ、みんな。香澄、おまえ会社の人にそんなことをいったのか」

「だって、ほんとのことじゃない。お兄ちゃんは最近、アキヒトアキヒトって、寝言でも男の名前を呼んでるよ」

だらだらと汗をかいているのがわかった。Tシャツは背中に張りついている。

「ほんとにそうなんですか、秀紀さん」

美里の顔はよくしらないので、なにか煙のようなものでぼんやりと覆われていた。それがなんだか逃げだしたくなるほど恐ろしかった。比呂が伏せていた顔をあげた。顔の輪郭がごつくなっているようだ。首も幾分か太くなったように感じる。

「だからね、みんなで話しあって決めたんです。わたしたちも、男になろうって」

目のまえで同じテーブルをかこむ四人の女性が、見る間に男性に変わっていった。比呂は小柄なスポーツマンに、沙織はメガネをかけたクールなビジネスマンに、香澄は遊び人の大学生に。もともと顔つきのわからない美里は、確かに男性であるとわかるけれど、おぼろげな煙に顔が包まれたままだ。

秀紀はテーブルのしたをのぞきこんだ。四人の足元はジーンズやチノパンやスーツのスラックスになっている。靴もパンプスやサンダルから、男性用のスニーカーや革靴に変わっていた。秀紀は全身に汗をかき、恐ろしさのあまり叫びそうになった。男になった比呂がいう。

「ほら、秀紀さんの好きな男の身体だよ」

夢のなかの比呂がシャツの胸を開いた。豊かな胸毛があふれだし、指先にからんでいる。

「じゃあ、ぼくも脱ごうかな」

沙織と香澄と美里が、同時に服を脱ぎ始める。秀紀はもう我慢できなかった。頭を抱えて、思い切り叫び始める。

「やめてくれ、お願いだ。ぼくは男なんて好きじゃない」

目を覚ますと、いつものクロス紙の天井が見えた。自分の部屋である。秀紀はシャワーを浴びた直後のように全身を汗で濡らしていた。

「……どうなってるんだ」

あれほど恐ろしい夢を見たばかりなのに、秀紀のペニスは硬直していた。心臓は痛いほどはずんでいる。自分はほんとうに、これからどうなってしまうのだろう。

秀紀はそれから二時間眠れなかった。

♥

その朝、千晶の胸ははずんでいた。

なにかいいことが起きた翌朝、目を覚ましたときから笑っていることがある。もちろんそんないい日は一年に何日もないのだけれど、その朝千晶は自分でも気づかないうちに上機嫌の笑顔になっていた。

ミツオカ・ジョージとの初対面はうまく運んだ。新作映画のなかでシチズン・オブ・フリーダムのジーンズをはいてくれるという。おまけにわだかまりが残っていた靖弘とも、きれいに終わりの形がつけられた。しかも、靖弘はこれからも友人でいてくれるようなのだ。

あたたかな春の終わりだった。アルミサッシを全開にして、やわらかな風を部屋にいれてやる。テレビは音を消して、ニュース番組を選んだ。その代わりCDでモーツァルトをかける。「ピアノ協奏曲二十一番」。すり足のように始まる第二楽章のアンダンテがとても優雅だ。ただ外見だけを磨いても、美しさは保てない。千晶はそれに気がつく年になっていた。

クロワッサンとコーヒーの朝食をとりながら、ノートパソコンを立ちあげる。メールの着信をつげるアイコンが点滅していた。千晶はウインドウを開いて、キリコからのメッセージを読んだ。朝から読むには切ないメールである。

キリコは誰かにほんとうは恋愛がしたいのだと指摘され胸に刺さったという。自分はどうなのかと千晶は考えた。仕事はやりがいがある。新ブランドの日本導入というおおきな役目をまかされ、予算がわずかとはいえ自由裁量の範囲は広がった。

男性ならそれだけでも、十分精神的な満足を得られるのかもしれなかった。だが、女性は違うのだ。仕事がいくら順調でも、自分だけを見つめてくれる男性がいなければ、十分にはならない。愛される実感がないと、心の底からの満足は得られないのだった。

千晶は北欧デザインのかけ時計を見た。まだ出社時間までは余裕がある。二、三度てのひらを開いたり閉じたりと準備運動をしてから、キーボードにとりついた。

ミツオカ・ジョージとは昨日会いました。

彼はゲイでした。

芸能界やぼくらの業界には多いので、別に驚きはしないけれど。

驚いたのは、とてもフレンドリーで気配りのできる人だったことです。

ぼくもいっぺんでファンになりました。

キリコさんなら、即座に落ちるかもしれないな。

もっとも、報われるはずのない恋になるでしょうが（笑）
ぼくには今、自分だけを見てくれる人はいません。
元カノとは昨夜、きれいに片がつきました。これからはただの友人です。
仕事がうまくいっているだけでは、なかなかほんとうの充足感は得られない。
それは女性だけでなく、男性も同じだと思います。

また男の振りをして、メッセージを打っている。心の一部ではひどくやましいことのように感じ、別な一部は性を偽ることの奇妙なスリルに酔っていた。人間というのは、不思議なものだ。ネットのような高度なメディアのなかでさえ、こんなねじれたよろこびをみつけだしてしまうのだから。
千晶は送信をクリックすると、意気揚々と晴れた春の朝にむかって飛びだしていった。

♠

その朝、秀紀は最悪の気分だった。
昨夜見た同性愛の夢が忘れられなかったのだ。あまりにもひどく汗をかいたので、秀紀にはめずらしいことに朝起きてすぐにシャワーを浴びたくらいである。かゆみの残る頭を洗っていると、曇りガラスの扉のむこうから妹の香澄がなにか叫んできた。よくきこえないので、適当な返事をしておく。

アキヒトからのメッセージを読んだのは、家をでる直前だった。ミツオカ・ジョージがゲイだったという文章に、秀紀の胸はどきりと痛んだ。昨日までなら笑ってすませられるようなことが、あの夢のあとでは恐ろしい暗示に思える。第一、秀紀はアキヒトが元カノときれいに別れたときいて、胸の奥で快哉を叫んでいたのだ。これではほんとうにアキヒトのガールフレンドに嫉妬しているようではないか。あまりに不安になったので、メッセージに返事は書かなかった。

きちんと朝食をとり、汐留の会社にむかう。夜中にうなされて目覚め、二時間も起きていたので眠たくてしかたなかった。それでもラッシュアワーの終わった地下鉄に揺られていると、いつのまにかよろこびデザインに着いてしまう。

エレベーターホールで液晶の数字を見あげていると、ぽんと肩をたたかれた。耳元で男の声がする。

「この色男」

秀紀は跳びあがってしまった。耳から広がった鳥肌が全身に広がっていく。男の声だけでこんな反応をするなんて、自分はどうかしてしまったのだろうか。振りむくとびっくりした顔つきの慶太が立っていた。

「な、なんだよ」

慶太はすぐににやにや笑いになった。

「そんなに驚くことないだろ。それより比呂ちゃん、おまえにメロメロじゃないか。うまいことやったな、色男」

秀紀の顔が暗くなった。長身の慶太がのぞきこむようにいう。

「どうしたんだよ、浮かない顔して。おまえ、案外女の子に贅沢《ぜいたく》いうタイプなのか」

「そんなんじゃない。ぜんぜん別のことだ」

秀紀はじっと慶太を見つめた。この男ならわかってもらえるだろうか。

「ちょっと話があるんだ。つきあってくれないか」

「なんだよ、こっちは朝からいそがしいんだぞ」

やけに真剣な顔をして頼む秀紀に、慶太はしぶしぶうなずいた。


朝のカフェは静かなものだった。窓際のテーブルがいくつか埋まっているだけで、社員の姿はほとんど見えない。秀紀はカフェラテをふたつもって、浜離宮の緑が広がる特等席のテーブルにむかった。慶太はかちかちと携帯メールを打っている。

「やばいことになったかもしれない」

秀紀がそういうと、慶太は携帯電話から顔をあげた。まだ親指をつかいながらいう。

「なにがやばいんだ、まさかおまえ、二股かけてないだろうな」

「そんなんじゃない。ひどい夢を見たんだ」

それからはがまんできずに、秀紀はアキヒトとのメールのやりとりと真夜中の悪夢をすっかり話してしまった。メール交換までは笑いながらきいていた慶太も、比呂が目のまえで変身して男になったというと困惑した表情になる。最後に秀紀はいった。

「おれ、ほんとうにゲイになっちゃったのかなあ。これじゃ、ミツオカ・ジョージみたいだ」

慶太はテーブルに身体をのりだしてきた。

「やっぱり、あの俳優はゲイだったんだ。でも、おまえの場合はどうかな」

慶太がいきなり手を伸ばしてきた。カフェラテのカップのとなりにおいた秀紀の右手をつかんでくる。ごつい男の手の感触に強い違和感が残った。払いのけると秀紀はいった。

「なにすんだよ、気もち悪いな」

「どう見ても、おまえは同性愛には見えないけどな。今の反応だってさ。ああいうのはジョージみたいなきれいな男じゃないと、決まらないだろ」

性的な志向は外見などとは関係ないはずだと、秀紀はいいたかった。

「自分でも迷ってる。ほかの男はダメで、アキヒトならいいのかもしれない。おれはどうしたらいいんだ。自分でもぜんぜんわかんなくなっちゃったよ」

♥

セブンシップスに着くと、真貴子が朝一番のコーヒーをいれてくれた。千晶はやめてくれというのだが、真貴子はやめようとしない。以前の上司のときからの習慣なのだという。その男性は尊敬できない人物だったので、いつも適当に薄いコーヒーをいれていた。たまにしかられた翌日などは布巾の絞り汁を数滴垂らしたこともあったそうだ。

「マッキーとけんかしたら、つぎの日はコーヒーのまないようにする」

それが朝のコーヒーをのむときの、千晶と真貴子の冗談である。だが、その日は真貴子の顔が妙に真剣だった。

「昨日はお疲れさま。そんな顔をしてるところを見ると、靖弘のことだいぶ気にいったんだね、マッキー」

真貴子は縦ロールの毛先を指にくるくると巻いている。なにか不安があるときの癖だった。

「確かに福田さんは素敵ですけど……朝から悪いニュースです」

このところいいことばかり続いていた。そろそろなにかが起きるころだろうと千晶も思っていた。どんなに運がいい人間のうえにも、ちゃんと雨は降る。

「遠慮しないでいいからいってよ、マッキー」

真貴子はうつむき加減に漏らした。

「実は今朝、副社長に呼ばれて……」

広永美奈子はワンマン社長、ジェームズ木原の片腕である。四十代の美人だが、仕事と部下には厳しい実務家だ。千晶はため息をつきそうになった。シチズン・オブ・フリーダムのプレゼンのとき、あやうく千晶が担当する別のブランドを奪われそうになったことがあった。

「広永さんかあ……それでマッキーはどんなことをきかれたの」

真貴子は目のまえで手を振っていう。

「わたし、千晶先輩の悪口とかぜんぜんいってないですから」

「わかってるってば、マッキーのことじゃなくて、副社長の話だから」

考えこむ表情になって、真貴子はいった。

「千晶さんがどんなふうによっつのブランドを管理してるか。PRの戦略はどう決めているか。新しいシチズンのジーンズの動きはどうか。それに……プライベートのことなんかもいろいろ」

自分の私生活？　千晶にはまったく思いあたることはない。なにか副社長にきかれて困るようなことがあっただろうか。

「おかしいなあ、だってわたしの男性問題なんて、仕事にはまったく関係ないよね」

「そうなんですけど、なかなか広永さん、しつこくて。一時間以上粘られて、ついメールの君のことを話してしまったんです」

キリコのことだ。ただのメル友にすぎないとはいえ、自分が男性の振りをしていることは問題かもしれない。千晶の胸に不安がさした。

「なんていってた、副社長」

真貴子はぺこりと頭をさげた。

「ごめんなさい、先輩。千晶さんに関することなら、なんでもいいからしっておきたいなんて、副社長がいうから。別にはっきりした反応はなかったですけど」

千晶は真貴子がいれてくれたコーヒーをのみながら考えた。いったいなんの目的で、広永は自分の身辺を調査しているのだろうか。またなにかよくないことでなければいいのだが。そのとき千晶の机の電話が鳴った。

「はい、ブランドマネージメント部」

「丹野さんですか、今、お手すきのようでしたら、副社長がお呼びですが」

コーヒーがのどに詰まりそうになった。軽く咳《せ》きこんでいう。

「はい、だいじょうぶです。すぐにうかがうとお伝えください」

千晶はなにかトラブルが発生したとき、自分から真っ先にその渦中に飛びこむタイプだった。先延ばしにしてどんどん不安がおおきくなるのが、逆につらいのだ。広永の話がなんであるかわからなかったけれど、数日先に送っても待つあいだ心が暗くなるだけである。真貴子が心配そうにいった。

「副社長ですか、千晶先輩。絶対あんな鶏がらに負けないでくださいね」

「ありがとう、マッキー」

千晶は手ぶらで副社長室にむかった。シチズン・オブ・フリーダムは絶対に死守するつもりだ。雛《ひな》を守る母鳥の気もちとは、こんなふうなのかもしれない。千晶は精いっぱい胸を張って、会社の廊下を大股で歩いていった。

♠

（あれはいったいなんだったんだろう）

秀紀は自分の手に男の手が重ねられたときのことを思いだしていた。慶太の骨ばった手がさわった瞬間、思わず振り払っていたのだ。夢のなかのように男性に魅力を感じることは、まったくなかった。ただごつい男の手だなと思っただけである。

するとは自分の場合、アキヒトという男性にだけ欲望をもつめずらしいタイプなのかもしれない。リアルな世界では女性が好きで、ネットのなかでだけ特定の同性にひかれる。そんな形の恋愛があるものだろうか。仮にそうだとしたら、自分は同性愛者なのか異性愛者なのか。まるで判断ができなくなる。眠気を押し殺したままデスクにむかっていると、ななめまえのパーティションから比呂がこちらをうかがっているのがわかった。慶太の話は冗談ではなかったようだ。熱い視線を何度も感じる。

以前の秀紀なら、それだけで有頂天になっただろうが、今は違っていた。つきあう気のない女性からのプッシュが苦痛でならない。しかも、相手は毎日のように顔をあわせる同じ部署の若い女性である。

サイトのデザインを考える気にもならずに、ぼんやりとディスプレイを眺めていた。今日はもう仕事にならないかもしれない。明日にでも深夜残業して、この仕事はひと息で片づけよう。そう思っていると、ディスプレイの隅にウインドウが浮かんだ。

つぎのデートはいつ誘ってくれるんですか?
秀紀さんとだったら、ランチの浜離宮デートでもいいです。
そうしたら、また手づくりのお弁当たべてくれますか?

差出人は比呂だった。ななめむかいのパソコンからメールを打ったのだ。秀紀はすぐに返事をだした。仕事がいそがしくてデートはむずかしいという、そっけないメールである。パーティションのむこうで比呂の空気が変わったのがわかった。頭上にちいさな嵐の黒雲でも浮かんだようである。

　そのとき、秀紀の机の電話が鳴った。あわててとると受付からだった。

「大久保さんあてに、青海大学の山下美里さんがいらしてます。アポイントメントはありだとか」

　秀紀の心臓がばくばくと乱暴なリズムを刻みだした。いつか先輩訪問をさせてくれといわれていたが、今日だったのだろうか。

「……ああ、はい」

「では、そちらにご案内しますか。それとも受付に迎えにきますか」

　そのとき妹の香澄の言葉を思いだした。美里は準ミスキャンパスに選ばれたほどのかわいい子らしい。

「わかりました。じゃあ、そこで待っててもらってください。今、いきますから」

　秀紀はよれよれのTシャツとシチズン・オブ・フリーダムのジーンズを見おろした。初対面ならやっぱりジャケットを着ていったほうがいいだろう。ロッカーで打ちあわせ用の紺のスーツのジャケットを羽織って受付にむかう。妙にスニーカーの足元がふわふわしているのが、おかしな気分だった。

「あなたのことは、森尾さんからいろいろきかせてもらいました」

副社長の広永が新緑の窓から振りむいてそういった。四十六歳、独身、やせ型。当然子どもはいない。高給はほとんど服につぎこんでしまうという話だった。プラダとグッチとシャネル。みっつのブランドの高価なスーツを日替わりで着ている。その日は袖口や襟先をラフに裁ち落とした仕立てのシャネルスーツである。

昔は社長のジェームズ木原のお手つきだったという噂だが、誰も定かなことはしらなかった。確かなのはマスコミへの露出が多く、広告塔として外むきの仕事をしている社長の片腕として、広永がセブンシップスになくてはならないという事実だ。実務のトップとして会社を動かしているのは副社長である。

「……彼女からきいています」

千晶はきつく手を組んで、ベッドほどあるガラスの机のまえに立っていた。副社長と会うときはいつだって緊張する。

「シチズン・オブ・フリーダムの立ちあげは、なかなか順調みたいね」

副社長は革張りの椅子に座り、高々と足を組んだ。しわの増えたシャロン・ストーンみたいだ。

「はい。とてもいい導入キャンペーンができそうです」

ちらりと顔をあげ、広永が素早い笑顔を見せた。

「きいてる。ミツオカ・ジョージがほんとうに映画ではいてくれるなら、あなたのお手柄ね」

副社長はぱらぱらと机のうえの書類をめくった。かなりの厚さがあるA4のプリントアウトである。

「座って」

一刻も早く用件だけきいて退室したかった。しかたなく千晶はデスクのまえにおかれた布張りの簡素な椅子に浅く腰をおろした。ひじかけはない。こんなふうに椅子のグレードに差をつけなくてもいいのに。

「ここにあなたが手がけたブランドの全資料があります」

千晶は震えあがった。シャネルを着た悪魔は、いったいなにをいいだすのだろうか。

広永は千晶の反応をたのしんでいるようだった。

「ねえ、丹野さん、うちの会社のことどう思う？　とくに役員のことは」

千晶は背筋を伸ばした。これはなにかの引っかけかもしれない。

「みなさん、立派なかただと思います。いい仕事を……」

副社長はいらついたようだった。

「そういうことをききたいわけじゃない。あなたがいいにくいなら、わたしがいうわ」

広永の目が光った。

「うちくらいの規模の会社に八人の取締役なんて多すぎる。みんな、ろくに仕事もせずに交際費ばかりつかってる。会議のときは社長の顔色をうかがうだけだしね。つぎになにがくるのか、先を読むセンスなんてかけらもない。この業界にいいコネクションをもっているわけでもない」

これが副社長だった。優秀なので社長以外は誰も逆らわないが、みなが煙たがるのも無理はない。けれども同時に、千晶は胸のつかえがおりるのも感じていた。実際に仕事らしい仕事をしていないイエスマンの役員たちのなんと無駄なことか。

「うちにはそれなりに優秀な人もいる。でも、わたしが見たところ、未来のセブンシップスをたくせるような人材はほとんどいないの」

きっとまたしかられるのだろう。千晶は首をすくめた。副社長がじっと見つめてくる。心の裏側まで貫きとおすような強い視線だ。

「でも、あなたなら、できるかもしれない」

「えっ……」

どういう意味なのだろう。千晶は椅子のうえで硬直していた。副社長室に呼ばれて初めて、広永がにこりと笑った。この人はよく見ると美人なだけではなく、やわらかなところもある。千晶は十七歳うえの上司を見直していた。

「丹野さん、あなた、わたしの直属の部下にならない？　籍は今のままブランドマネージメント部においたままでいいから」

千晶は目が覚めた思いだった。ようやくまともな反応ができるようになる。

「どういうことでしょうか。現在の四件のブランドを抱えたままでいいんですか」

広永が厳しい顔でうなずいた。

「そうよ。ブランドをよっつも抱えたまま、わたしの秘書として対外的な業務に随行する。毎週のようにあるパーティーや海外の視察旅行なんかもね」

まだ千晶にはよくわからなかった。そうなると自分にどんなメリットがあるのだろうか。広永は重ねていう。

「今よりもずっといそがしくなるでしょうね。しかも、給料は変わらない。いいことはあまりないかもしれないな」

副社長は組んだ手のうえにとがったあごをのせて、うわ目づかいで千晶を見た。

「でも、そこでがんばれば、あなたは未来を得る。わたしがもっている人脈をすべてあなたに紹介してあげる。インポーターの世界の裏側も全部見せてあげる。わたしのしたにつくのは、わたしの後継者となることよ。いつか、あなたがセブンシップスの舵《かじ》をとるようになるかもしれない」

千晶は身体が震える思いだった。仕事は大好きだ、自分なりにがんばってもきた。だが、それが急にこんな形で評価されるなんて想像外だったのである。頬が紅潮しているのがわかった。副社長はおもしろがるような調子でいった。

「もちろん、それはあなたがわたしのところで、うんといい成績をあげたらの話。そう簡単にはいかないかもしれない。これは厳しいテストだから。毎回結果を試される終わりのないテストよ。どう、それでも、やってみる？」

椅子から飛びあがりそうだった。言葉は自分の思いよりも先に口からでていく。

「はい、がんばります。わたしでよければ、お手伝いさせてください」

広永は手を振った。指にはおおきな赤い石のはいった指輪が光っている。

「やめてよ。ただのお手伝いなら、わたしには必要ない。ほんとうにむずかしい決断をしなければいけないとき、いっしょに知恵をしぼって、いっしょに闘える。そういう人しか、わたしはほしくないの。あなたに、その気があるのかな」

ここはきちんとアピールしなければいけない。千晶の胸でスイッチがはいった。

「やらせてください。偉くなるとか、会社を動かすとか、そんなことじゃなく、わたしはもっとこの仕事の先にあるものを見てみたいんです。力は足りないかもしれないけど、必ず広永さんのお役に立ちます」

副社長はすこしだけ淋しそうに笑ってみせた。

「そんなことをいってると、わたしと同じように一生独身になってしまうかもしれないよ」

千晶はまっすぐに押しこんだ。

「それを広永さんは後悔してるんですか」

副社長はにやりと笑った。

「社長とおかしな噂を立てられるかもしれないし、ほかの社員から怖がられてひとりぼっちになるかもしれない」

この人はつらかったのだ。胸をつかれる勢いで、千晶にはそれがわかった。性格上の問題もあるのだろう。だが、この人は誰かがやらなければいけない仕事をして、その結果孤立している。

「おかしな噂も、会社で浮くのもかまいません。それなら、わたしが広永さんの盾になります。すこしでもお守りできるように」

心が動いたのだろうか、広永は一瞬おだやかな表情になった。副社長がまじめな顔でいった。

「わかりました。では、今日からお願いね。きちんとした格好できてね。八時からアントニオ・エスメラルダのパーティーよ。もういっていいわ、丹野さん」

千晶は席を立って、ドアにむかった。ドアノブに手をかけたとき、背中越しに声をかけられた。

「それから、わたしのことは今からしたの名前で呼んでね」

千晶は上半身だけ振りむいていった。

「わかりました、美奈子さん。わたしも千晶でお願いします」

副社長は笑いながら、さあいけというように手を振った。

♠

受付の横には接客用のソファが三セットおいてあった。仕切りは半透明のアクリル製パーティションである。窓のむこうには浜離宮の緑とのんびりした春の海が広がっている。秀紀は紺のジャケットをきゅうくつに感じながら、ブースをのぞきこんだ。人の気配を感じたのだろう。あわてて美里が立ちあがった。こちらまで緊張してしまう。

「こんにちは、妹のやつから話はきいてます」

美里は紺のタイトスカートのリクルートスーツだった。自分が就職活動したころを思いだす。就職用スーツにはまったく変わりはないようだ。ぺこりと勢いよく頭をさげて、美里がいった。

「急に面談をお願いしてすみません。でも、どうしてもよろこびデザインのことがしりたくて」

確かにかわいい子だった。ショートカットできりっと締まった顔立ち。ニュース番組でスポーツコーナーを担当する女子アナウンサーのようだ。妹の香澄と同じ年だから九歳も年したである。急に自分が老けこんだように感じた。

「座ってください」

美里は関節から音がでそうな勢いでソファに腰をおろした。これほど緊張するなんて、大学生の未経験さがかわいらしかった。

「妹から話はきいてると思うけど、うちの会社は人づかいが荒いですよ」

美里はひざを思い切り閉じていた。そのうえには革のブリーフケース。きっとシューカツ用に新調したものだろう。まだぴかぴかである。さらにうえに手帳を開いて、秀紀の言葉をメモしている。

「御社では……」

秀紀は思わず噴きだしてしまった。そういえば、就職活動のときずいぶんあちこちで御社といったっけ。

「美里ちゃん、ぼくにはそういうよそゆきの言葉づかいはいらないから。採用担当でもないし、とくに便宜を図ってあげられるわけでもない。うちに遊びにきたときみたいに、気軽にしていていいよ」

それでようやく美里の肩から力が抜けていく。パッドのはいった上着の両肩が落ちるのがはっきりとわかった。

「大久保さん、ありがとうございます」

その程度のことで感動しているようだった。なにも礼をいわれるようなことではないのに。美里はまぶしいものでも見るような目で自分を見ている。

「会社訪問でも、あちこちで厳しい目にあって……仕事って、ほんとにたいへんなんですね。なんだか無理やりやる気を表現しなくちゃいけないですし」

自分を計られるような気がして、秀紀も当時、胃の痛い毎日を送っていたのだ。そういえば九年まえのよろこびデザインはまだこれほどの急成長は遂げていなかった。本社オフィスも汐留の超高層ビルではなく、高田馬場の駅まえにある雑居ビルを借りていた。あのころは入社だって容易だったのである。実際、この会社は秀紀の第一志望ではなく、すべりどめだった。

「厳しいのはわかるよ。でも、そういうなかでもなるべく自分の色をだしていったほうがいいんじゃないかな。会社もはいってからのほうが長いし、たいへんだから。無理して優秀で熱意のある誰かさんの真似《まね》なんかしないほうがいいんだよ」

美里はまじめな顔でうなずき、そんなことまでメモにとっている。

「ここの仕事にはやりがいがありますよね」

秀紀は自分の仕事のことを考えてみた。やりがいはある。だが、それはアキヒトのように生きがいにまでなってはいなかった。うなずいていう。

「そうだね。うちは現場の社員の自由度が高いから。というよりも、一気に成長しすぎて、うえの管理部門が追いつかないんだ。結果さえだしていれば、自由にやり放題って感じかな」

美里の目が輝いた。自分ではうえのほうはいい加減だと伝えたつもりなのだが。

「現場の若い社員は自由と……」

就職活動中の女子大生はちいさな声でつぶやきながら、メモをとっている。

「だけど、自由が多い分、仕事のほうは厳しいよ。女性だって徹夜して仕事をしてることがある。納期が決まっている仕事だし、ここまでやればそれでOKということもない。ホームページづくりはとんでもなく手間がかかるから」

美里が手帳から顔をあげた。

「でも、大久保さんのグループでつくった浜名インストゥルメンツのホームページが賞をもらったんですよね」

それはビジネス誌が主催するネット関連の賞だった。去年の企業PR部門でグランプリをもらっている。あのときはさすがにうれしかった。賞をもらったあとで、また徹夜でバーをはしごし、最後は夜明けの博多ラーメンで締めたのだ。秀紀がその話をすると、美里が身をのりだした。

「うらやましいです。わたしは大学でも部活動をしていたので、みんなで力をあわせてなにかをつくる仕事がしてみたくて」

「どんな部にいたの」

「女子ラクロス、うちの大学はわたしたちの代で、関東選手権で二位になったんですよ」

「へえ」

それは美里にとって誇らしいことのようだった。そういえば、引き締まった脚はよく日焼けしている。

「大学ではなにを専攻しているの」

「社会学です」

そのときだった。秀紀は背中に冷たい視線を感じた。ちらりと振りむいてみる。パーティションのむこうから比呂がこちらをのぞいていた。どうしたのだろうか。急に紺のジャケットを着て受付にむかった自分を不審に思ったのかもしれない。秀紀は急に女性というものが怖くなった。あわてて、話題を変える。

「じゃあ、ちょっとオフィスのなかをまわってみない？　案内するけど」

美里は頬を赤くしていた。

「はい。よろしくお願いします」

座ったままぺこりと頭をさげる。秀紀は先に立って、半透明のブースをでた。比呂はしらん顔をして、受付のカウンターにもたれている。自分から声をかけた。

「こちら、妹の友達でうちの会社に就職希望の山下美里さんだよ」

比呂は一瞬で美里の全身に視線を走らせた。背は比呂よりも高く、スタイルもいい。顔もミスキャンパスの候補になるくらいだから、ずいぶんかわいかった。逃げるよりはいいと感じたから思い切って紹介したけれど、どんな反応を示すのだろう。

秀紀はつぎの瞬間、背中に冷水を浴びせられたように震えてしまった。比呂はにっこりと顔を崩して笑ったのだ。目だけはやけに硬く鋭いままの笑顔である。

「そうですか。秀紀さんにはわたしもお世話になっています。山下さんもうちの会社でいっしょに働けるといいね」

「はい、ありがとうございます。就職試験がんばります」

秀紀はあらためて、女の怖さを思った。こんなことなら、ほんとうに同性愛に転向したほうがいいのかもしれない。比呂とはこれからも毎日同じ職場ですごすのだ。もうつぎのデートなど考えられなくなっていた。秀紀は心を冷えこませ、灰色のカーペットが敷きこまれた廊下を歩きだした。

「したの階にホームページ制作のオフィスがあるんだ。どうぞ」

秀紀が先導して、リクルートスーツの美里がついてくる。そのあいだも背中に比呂の視線が張りついて離れなかった。ネットおかまだとか、アキヒトどころの騒ぎではなかった。一刻も早く比呂と決着をつけなければならない。春の日ざしがさしこむ三十四階の廊下を、かわいい女子大生と歩きながら、秀紀の気もちは限りなく沈んでいった。

♥

「それで、それで、どうなったんですか」

真貴子がせっつくように声をかけてくる。場所は旧山手通り沿いにあるオープンカフェだった。副社長の広永との面談が終わったあとで千晶から誘ったのだ。木々の枝先を抜けてきた春の日ざしが、テーブルをにぎやかに染めている。千晶はふってわいた幸運を誰かにはなさずにはいられなかった。

「美奈子さんの直属の部下にならないかって」

「キャー、カッコいい。今、千晶先輩、副社長のことをしたの名前で呼びましたね」

社内の誰もが一目おく広永だった。千晶はカフェオレをひと口すすった。砂糖はいれない。三十代が近づいてそろそろ体重が心配になっているし、ミルクの甘さだけで十分である。

「広永さんに、そう呼ぶようにいわれたの」

「へー、そうだったんですか。凄腕だけど、一匹狼のあの人がそんなことをいうなんて。びっくり」

千晶は副社長室の広永を思いだしていた。人に誤解されることも、孤立することもあるといったときの淋しそうな笑顔。きっと仕事というのは、かかわる人間のすべてを要求するのだろう。そのなかには傷つくことや耐えることやひとりきりになることもふくまれているのだ。

「わたし、美奈子さんのことを誤解していたのかもしれない。みんなと同じようにね」

真貴子は目を丸くして、こちらを見つめてきた。

「あの人はみんなが恐れるようないじわるな魔法つかいじゃなかった。マッキーやわたしと同じように自分の仕事に悩んでいる普通の働く女性だった。まあ、わたしたちよりもずっと高いレベルの悩みだけどね」

自動車のすくない並木道に目をやって、真貴子がうつろな顔をした。

「千晶先輩や副社長はいいな、未来があって……わたしなんて、ずっと単純な事務の補助ばかり。結婚して、家庭にはいるくらいしか夢がないもの」

「ちょっと待ってよ、マッキー」

千晶の声が激しくなった。真貴子は驚いて千晶を見つめている。

「わたしだって誰でもよくて仕事を手伝ってもらってるわけじゃないよ。マッキーがどんなふうに働いていたか、ちゃんと見ていた」

「…………」

千晶は目に力をこめて、おしゃれな後輩を見た。

「二メートルもジャンプできるノミだって、コップをかぶせたら十センチしか跳べない。うちの会社には一般職も総合職もない。学歴だって関係ないし、あとは当人のやる気だけじゃない。マッキーは自分で自分にコップをかぶせているよ」

縦ロールの毛先を人さし指でくるくるとまきとりながら、真貴子は口ごもった。

「……でも、わたしは英語だってダメだし、人まえで話すの苦手だし、嫌いな人相手だとすぐに顔にでちゃうし、千晶先輩みたいになんでもこなせる人じゃないです」

千晶ははっとした。真貴子の反応は副社長を見るときの自分と同じだった。広永と話して数十分後に、逆の立場になるなんて想像もしていなかった。真貴子は千晶にとって大切な戦力だ。ここで失うわけにはいかない。

「できないことや苦手なことはいっしょにすこしずつ改善していこうよ。わたしはこれから副社長とあちこち動くことになるから、ブランドマネージメントのほうがどうしても手薄になるかもしれない。そっちのほうはマッキーにカバーしてもらうしかないの」

「………」

千晶はいたずらっ子のようにうわ目づかいで後輩を見た。

「ねえ、ふたりでがんばってすごい数字をだそう。それで男たちをぎゃふんていわせない？　今、わたしたちが抱えているブランドはどれも勢いがあるから、絶対にだいじょうぶ。わたしが副社長について勉強するように、マッキーもわたしから学べばいい。むずかしいことなんてないよ。いっしょにがんばるんだから」

真貴子の目が輝いているのがわかった。

「そうしたら、わたしもただのお手伝いから変われるんですか」

千晶はしっかりとうなずいていた。

「ふたりで偉くなれるかなんてわからないよ。でも、きちんといい仕事を続けていけば、絶対に見てくれる人がいる。わたしはそう信じて、毎日がんばってる。マッキーもいっしょにステップをあがろうよ。それができる人だと思ったから、わたしはマッキーを選んだんだよ」

見るまに真貴子の目のなかで涙がふくらんでいった。ぷつぷつと丸く玉になり、頬を転げ落ちていく。

「千晶さーん、わたし、一生ついていきます」

涙声でそういう真貴子に千晶は笑顔でこたえた。

九歳年したの女子大生はそれだけで、初々しくかわいかった。秀紀はこれまでそれほど年の離れた女性とつきあったことはない。

♠

山下美里はよろこびデザインのどの部署を案内しても、素直に驚きを表現するのだった。二段ベッドがぎっしりと詰まったタコ部屋のような仮眠室にさえ、ホテルのスイートルームのように感動していた。

営業、企画、総務、コンテンツ制作と主だったオフィスを駆け足でまわって、最後に人事部で採用担当をしている同期に美里を紹介した。ＯＢ訪問ならこれで十分のはずだ。小一時間も広いフロア二階分を歩いて、秀紀もすこし疲れていた。初めて会社を訪れた美里なら、さらに何倍か気疲れしていることだろう。

「山下さん、よかったらカフェでひと休みしない？」

シューカツ中の女子大生は、ぺこりと勢いよく頭をさげた。

「はい、さっきからのどがからからです」

ふたりは社員用のカフェにむかった。ここにはイタリア製の優秀なエスプレッソマシーンがあるといって、アイスラテを美里におごった。就業時間なので、テーブルはほとんど空席である。窓際の特等席にグラスをおいて、美里とむかいあった。

「こんなに素敵なオフィスで仕事ができるなんて夢みたいです」

「そうかなあ、慣れたらなんでもないよ」

徹夜明けで同じ汐留の高層ビル街を眺めたことがある。そんなときはまったくなにも感じなかった。逆に立派な再開発地がいまいましく見えてくるくらいだ。

「わたし、来年の就職試験、精いっぱいがんばります。今日、会社のなかを見てはっきり心が決まりました。よろこびデザインが、ダンゼン第一志望です」

美里ほどではなくても意欲に燃えて、自分だってこの会社にはいったはずだった。目のまえの仕事に追われ、いつのまにか仕事への熱意はどこかに消えてしまった。秀紀は窓の外に目をやった。通りをへだてたビルでも、たくさんのサラリーマンが机に張りつき虫のように働いていた。

人間はなんのために働くのだろう。たべていくため、会社のため、評価をあげるため、出世するため……どれもすこしずつ違う気がする。理由は自分でもよくわからなかった。ただ仕事がなかったら、うんざりするほど退屈な時間ができてしまうだろう。人の一生は長いのだ。面倒ではあるけれど、仕事ほど真剣な遊びもない。ぼんやりしていると、美里がいった。

「あの、香澄ちゃんからきいたんですけど……」

妹からなにをきいたのだろうか。先ほどまでのはきはきとした口調ではなく、美里はなにかいいにくそうにしている。

「あの、大久保さんに彼女がいないっていうのは、ほんとうなんですか」

リクルートスーツを着た女子大生が切ない目で秀紀を見つめてきた。それだけで胸の鼓動は速くなり、息が苦しくなるのだった。

♥

パーティー会場は青山の裏通りにあるハウスレストランだった。華族の家を移築したというのが売りもので、中庭の中央には白い大理石でできた噴水がある豪華な店だった。水のなかにしこまれたライトで、噴水のおもてにゆらゆらと澄んだ光が揺れている。

千晶はオフィスで働いていたときと同じ黒のパンツスーツ姿である。副社長にはきちんとしたファッションでくるようにいわれたけれど、ぎりぎりまで仕事をしていて、とても着替えに帰る時間はなかった。

「つぎからはパーティー用のドレスを会社に用意しておきなさい」

広永は受付のまえで順番を待ちながら、千晶の全身をさっと掃くように眺めた。黒いパンプスの先が曇っているのが気になってしかたない。広永はちゃんとこのパーティーを主催しているアントニオ・エスメラルダのワンピースを着ていた。四十代なかばでも襟ぐりの広く開いた黒いシフォンのソワレにチャレンジしているのだ。今から十七年後、これほどの体型を自分は維持できるだろうか。この世界で生きていくことの厳しさに目がくらみそうになった。

受付をすませ、スプリングコートとバッグをクロークにあずけた。会場になっている中庭にむかう途中で、千晶は息をのんだ。つぎのクールから連続ドラマの主演が決まったファッションモデルの春川ハルカがいる。手足はキリンのように長く、頭は冗談ではなくウズラの卵のようにちいさかった。そこによくできた繊細な顔立ちが収まっている。俳優だけでなく、シンガー、カメラマン、脚本家と誰もが独特のオーラを放っていた。周囲には雑誌やテレビでおなじみの顔がいくらも目につくのだ。

「最初に挨拶《あいさつ》にいくわよ」

広永がさっさと人波をかきわけて、夜の芝生をすすんでいく。千晶もあわてて、あとを追った。背中越しに副社長がいった。

「アントニオはめずらしく、ゲイでないデザイナーなの。東洋人の若い子に目がないから、すぐに美人だ、かわいいといって口説いてくるけど、むこうにとってはただの挨拶だから気にしないで、軽く流しておいて。気にいられたら、スペインの別荘に招待してくれるよ」

「美奈子さんはいったことがあるんですか」

ちらりと振りむいて、広永が笑った。

「ええ、若いころ。ただしベッドはなしでね。この業界だって、高校のクラスルームと変わらない。簡単に寝るような人は尊敬されないの」

ふたりは行列の最後にならんだ。噴水を背にして、一段高いステージが設けられている。壁には無数のアントニオのブランドロゴが張られていた。王様に謁見でもするように招待客が順番を待っている。庭の端にはスクリーンがさげられ、コレクションの映像が流されていた。とても人間とは思えないようなスタイルのモデルたちが、日常生活とは異次元のファッションを身にまとい、戦場にでもむかうような顔つきで胸をそらし花道を歩いている。ファッションには確かに新しい気分やつぎの時代の空気を表現する力があるのだ。

千晶はこの仕事にかかわれてよかったと心から感じた。まだ誰にも見えていないものを形にする仕事である。そうしてできあがった新しい服で、大勢の人をしあわせにできるのだ。

「あれ、千晶さん」

シャンパングラスをもったミツオカ・ジョージだった。酔っているのだろう。目の焦点が微妙だ。提供したシチズン・オブ・フリーダムのジーンズにタキシードジャケットをあわせている。千晶よりも先に広永が頭をさげていた。

「いつもうちの丹野がお世話になっています。新作映画でジーンズはいてくださるときいて、デザイナーもよろこんでいるそうです。ねえ、千晶さん」

千晶は目を白黒させた。時間がなくてジャン・リュック・デュフォールには報告していなかった。いくら人気があるとはいえ、日本の若手俳優まではしらないだろう。なんとか副社長に調子をあわせる。

「新作ができたらジャン・リュックが送るといってました」

「そうなの。うれしいなー、じゃあ、がんばってね」

酔っ払うと地がでて言葉が女性っぽくなるようだった。広永はマネージャーと名刺を交換している。ミツオカ・ジョージは手を振りながら、パーティーの雲に消えてしまった。

「あなたはなぜか人にとり立ててもらえる運をもっているみたいね。その運は大事にしないといけないよ。せいぜいうちの会社のために役立てて」

「はい」

春の夜風に庭の新緑がざわめいていた。千晶の心も新しい希望にはずんでいる。その夜のパーティーはまるで自分のために開かれているようだった。いきかう人がみな笑顔を送ってくれるのだ。

♠

その夜、秀紀はいつものように終電で帰宅した。わかし直した風呂にはいり、パソコンのまえに座ったのは日づけも変わった深夜一時すぎである。今日はいろいろなことがあった。まずなにからアキヒトに書こうか。まずは比呂のことから始めることにした。相手の性別を変えなければならないのが面倒だが、事情を説明する。

お帰りなさい、アキヒトさん。
わたしのほうは今日一日でいろんなことがありました。
男性のいいところと悪いところを見たというか……
実は今日、妹の大学の男の子がわたしのところに会社訪問にきたのです。
素直で、まじめで、かわいい子でした。九歳も年したなんて、
口をきく機会もないから、とても新鮮。
しかも、うちの会社が第一志望で、まぶしいくらい意欲に燃えているのです。
最後にカフェでお茶をおごってあげたのですが、
今つきあっている人はいるのですかと、すこし震えながらきいてきたりして！

正直なところ、アキヒトさんのことを考えてしまいました。
わたしたちはどうなるんでしょう？　困ったものですね。
嫌だったニュースは、わたしが大学生を案内していると、
例の彼が偵察にやってきたことです。嫉妬を隠して、笑顔で話す彼は
とてもとても不気味でした。思いこみも激しいし、
一刻も早くさよならしたいです。でも、同じ部署で働いている同僚だしなぁ。
また長文になってしまいました。
こみいった話なので、メールではなく直接会って話ができたらいいんだけど。
ではでは、また進展があったら書きますね。

秀紀はまだまだ書き足りなかった。ほんとうならコピー用紙何枚分でも書きたかったくらいである。だが、いきなり超長文のメールを受けとるアキヒトの気もちを想像すると、それはできなかった。確かにいつでも送れるという長所はあるが、ネットでのメッセージ交換には明白な限界がある。
どこかのカフェのテーブルでいっしょに一時間をすごす。その会話を文章にすれば、軽く原稿用紙数十枚になることだろう。しかも、そのときのふたりの空気感や相手の気もちの裏側までつかむことができるのだ。

いっそのこと、もう自分がキリコという女性ではなく、男性であることをカミングアウトしてしまおうか。アキヒトに一度でもいいから会ってみたい、顔を見てみたいという気もちが、真夜中にひとりでディスプレイにむかっていると抑えがたくなってきた。秀紀はつい余計な一文をメールの最後に加えてしまった。

アキヒトさんに会いたい……

♥

副社長の言葉に偽りはなかった。

広永はパーティー会場にいあわせた業界の有力者を、千晶に惜しみなく紹介してくれた。そのうちの何人かには、自分の後継者だともいってくれたのである。いつもの倍は用意した名刺が途中で足りなくなるほどだった。

その夜、千晶は広永のタクシーに同乗した。さすがに副社長である。独身だが代官山にすでにマンションを購入していたのだ。恵比寿はとおり道である。タクシーをおりると千晶は車中の広永に深々と頭をさげた。

「今夜はどうもありがとうございました、美奈子さん」

パワーウインドウがするするとさがった。夜だが副社長はビッグフェイスの淡いサングラスをかけている。

「千晶さんはまだ三十歳になっていないよね」

「ええ」

広永はさばさばという。

「だったら、仕事一本もいいけど、きちんと理解のある男性を見つけて、結婚するのも悪くないかもしれないね」

さりげない言葉だけに、淋しさが伝わってきた。千晶には返事ができなかった。なにもいわずにいると、副社長が運転手にいった。

「だしてください、じゃあ、明日ね」

千晶は走り去っていくタクシーにむかって頭をさげるのが精いっぱいだった。曲がり角までしっかりと見送る。ちいさな赤いテールライトが、なぜか妙に悲しかった。広永のように文句なしのキャリアを重ねていても、ひとりで生きるのはつらいことなのかもしれない。今から十七年後、自分はどんなふうになっているのだろうか。

ワインでほろ酔いの頭を左右に振った。まだ始まったばかりなのに、そんなネガティブな想像をしてもしかたないではないか。千晶はオートロックのガラス扉を抜けた。今日のようにうれしいことがあっても、千晶には報告する相手がいなかった。友人はみな自分の仕事でいそがしいし、実家の両親にはファッションの世界のことなど理解不能だろう。腕時計を見るとすでに真夜中をすぎていた。話をするどころか、もうみな熟睡している時刻である。やはりこんなときには、キリコしかいなかった。時間を気にせずなんでも話せて、どんな話題にもきちんと筋のとおった反応を示してくれる、やわらかな心をもった人である。

リビングに着いた千晶はエアコンをいれて、コート姿のままノートパソコンにむかった。春でも真夜中は寒い。冷え切ったひとり暮らしの部屋というのは、まったく始末が悪かった。しみじみと孤独の切なさが身にしみるのだ。

液晶ディスプレイにはメッセージの到着をしらせるサインが点滅していた。さっそく開いて読んでみる。キリコも男性問題では悩んでいるようだった。新しく登場した九歳年したの大学生と嫉妬深い職場の同僚か。自分だったら、どちらもパスだなと考える。大学生にいちいちデートや女性とはどういうものかと教えるのは面倒だし、つきあっている女性を縛るチェック魔はボーイフレンドとして最低だ。

本文のしたに書かれた追伸に目がとまった。

アキヒトさんに会いたい……

真っ白なウインドウの中央にその一行だけが浮かんでいた。千晶はコートの襟をかきあわせた。きっとキリコも孤独なのだろう。今、この瞬間もひとりきりでいることに傷ついているのかもしれない。自分も同じだと千晶は痛切に感じた。そのときの千晶は酔っていたのかもしれない。あるいはあまりに刺激的な夜に、感覚の一部が麻痺していたのだろうか。考えることもなく、指先がキーボードのうえを走っていた。

ぼくもキリコさんに会いたい……

これが返事でいいのだろうか。だが、迷う時間さえ奪うように、右手が送信を機械のようにクリックしてしまった。自分は男性のアキヒトではなく、女性の丹野千晶である。会うといっても、どうやってキリコと顔をあわせればいいのだろう。そう思い直してベッドで頭を抱えたのは、入浴もすませた午前三時のことだった。

♠

一度送ったメールは二度ともとにもどせなかった。メールは絶対にやり直しがきかないという意味で、人生そのものである。

秀紀はあんなふうに直接オフラインの面会を求めるメールを送ってしまったことを、横になったまま何度も後悔した。キリコどころか、こちらはネットおかまの大久保秀紀である。どうやってアキヒトと顔をあわせたらいいのだろうか。

けれどもアキヒトとのメッセージ交換もそろそろ限界だった。顔を見てみたい、声をきいてみたい、直接会って話をしてみたいという気もちが抑えられなくなっている。それはきっとアキヒトも同じはずだ。これまでかぞえきれないほどのメッセージをやりとりして、おたがいがどんな人間かはよくわかっていた。アキヒトはひと言でいえば、信頼できる人だった。ルックスや顔ではなく、まっすぐな気もちと誠実さをもった男性だ。知性や教養ももうし分ない。

別に秀紀はアキヒトと会って、相手を抱きたいとも抱かれたいとも思わなかった。セクシュアルな欲望をのぞいた人間愛のような印象である。男女を問わず、これまでそんな感情を抱いた相手はいなかった。とまどいは確かにあるのだが、それ以上にアキヒトのような人間に出会えたよろこびのほうが強い。

秀紀は眠れずに何度も寝返りを打った。地上六階の部屋では金属がこすれるような首都高速の音がかすかにきこえている。また眠れぬ夜になるのだろうか。切なくなって枕を抱き締めたとき、その音が真っ暗な部屋のなかに響いた。メッセージの着信を告げる電子のチャイムである。アキヒトだ。秀紀は飛び起きて、自作のパソコンに飛びついた。

ぼくもキリコさんに会いたい……

その一行が目に焼きついてしまった。困ったなという考えとは別に、相手も自分に会いたいのだと思ってくれたことが、むやみにうれしかった。しばらくホワイトスペースがあいて、メッセージは続いていた。

キリコさんにいつ会えるのか、たのしみでなりません。
ぼくはオフラインで会うのは初めてなので、ちょっと緊張しています。
ちょっと変わったやつかもしれないけど、
あまりがっかりしないでください。
そちらは、いつがいいですか。
おたがいにいそがしいから、なかなかスケジュールがあわないかもしれないけど、
なんとか時間をつくりましょう。
キリコさんがどんな女の子か見てみたいです。

調子よく読んでいったが、最後の一行で秀紀の心臓はとまりそうになった。アキヒト

にとって自分は女の子なのだ。真っ暗な部屋のなか、秀紀は頭を抱えた。どうやったら、自分は女になれるのだろうか。女装や化粧などしても、すぐにばれてしまうだろう。でも、アキヒトにはどうしても会ってみたい。

（考えろ、考えろ）

その夜、秀紀は徹夜で考え続けた。仕事でさえ最近はこれほど頭をつかったことがなかったくらいである。だが、東京の下町に朝がきても、秀紀にはいいアイディアはまったく浮かばなかった。

♥

「ふーん、千晶さんが男になるねえ」

翌日のランチタイムである。千晶は真貴子といっしょに西郷山公園の入口にあるカフェにきていた。天気がいいのでオープンエアのテラスに席をとった。ここのキーマカレーと日本ソバはなかなか本格的である。真貴子はあれこれと角度を変えて、千晶の顔を見つめていた。

「どうアレンジしても、千晶先輩を男にするのは無理だと思う。だいたい男顔じゃないし」

オフラインでキリコと会う約束をしたことは、もう真貴子に話してあった。最初のショックから覚めると、年したの部下は親身になって考えてくれた。

「でも、オフの話はすすんじゃっているし、わたしも一度でいいからキリコの顔を見てみたいんだ。勘違いしないで。これはね同性愛とかじゃなくて、人間的な興味だからね」

白い帆布の日傘のしたで、真貴子が腕を組んだ。

「だったら、男を頼むしかないでしょうね」

「えっ……」

真貴子は自信たっぷりに笑ってみせる。

「だから、代役を立てるんですよ」

「そんなの無理だよー。だって、キリコのことをぜんぜんしらないし、話があうはずないじゃない」

指先に縦ロールの毛先をくるくると巻きながら真貴子はいった。

「これが初対面ですよね。いくらネットで情報を交換していても、相手だって緊張していると思います。そんなに厳しい突っこみはしてこないんじゃないかな。けっこうごまかしがきくと思うんだけど」

「そうねえ……」

そうか、そんな手があったか。千晶は当事者だし、自分が直接会ってみたいという気もちが先行して、まったく代役には頭がまわらなかった。

「その男の人に、これまでのメッセージ交換のファイルを全部わたして読んでもらう。それでオフのデートに送りだす。一時間や二時間なら、なんとかもちますよ、きっと」

キリコと千晶の代役がデートするところを、自分はすこし離れたところからのぞき見ればいいのだ。女性にはまったく警戒していないだろうから、すぐそばのテーブルに座れるかもしれない。そうすればキリコの声もきこえるし、話の内容までわかるだろう。

千晶は急にのどが渇いて、食後のカフェオレをお代わりしてしまった。

「でも、誰に代役を頼むか、それが問題だなあ」

真貴子が手を打っていった。

「だいじょぶですよ。今はレンタルのボーイフレンドとか、夫や恋人の役をやってくれるなんでも屋さんみたいな人がけっこういるらしいですから。それこそネットで検索すれば、いくらでも代役くらい見つかります」

千晶は目をあげて、ピクニックテーブルのむこうの後輩を見た。ひとごとだと思って妙にはしゃいでいるのが、すこしだけしゃくにさわった。だが、こんなことを相談できるのは真貴子しかいないのだからしかたない。

「うーん、確かにお金で誰かを雇うというのもありかもしれないけど、なんだか味気ないなあ。仕事の人は結局、仕事でキリコに会うだけでしょう。ビジネスライクにね。それじゃ、つまらない気もするな」

千晶にとってキリコは特別だった。ネットで見つけたなんでも屋の男を会わせるというアイディア自体に違和感がある。真貴子がぽつりと漏らした。

「だったら、誰か信頼できる男友達を頼むとか」

「男友達かあ……」

春風が吹いて、テーブルのうえにおかれた伝票を揺らしていった。千晶と真貴子は息をのんで、目を見あわせた。それならちょうどいい男がいるではないか。

「靖弘！」

「福田さん！」

昔のアイドルコンビのようにふたりの声がそろった。

「福田さんなら年齢もぴったりだし、カッコもいいし、話術だって巧みだし、きっといい代役になってくれますよ」

今度腕組みをしたのは千晶のほうである。いそがしいファッション誌の編集者という仕事柄、千晶の願いをきいてくれるような余裕はないだろう。それにもう一度つきあうという靖弘の誘いを断ったのは、千晶のほうではなかったか。

「確かにぴったりではあるんだけどねえ」

目を輝かせる真貴子に返した千晶の言葉には力がなかった。

♠

結局、朝がたに三十分ほど仮眠をとっただけだった。

秀紀は最悪の体調で、這《は》うようによろこびデザインにたどりついた。身体は鉛のように重いのに、頭の芯は妙に冴えてパニック状態を維持している。穏やかな春の日ざしが憎らしいほどだった。

誰にも目をあわせることなく、自分のブースにこもった。背を丸めディスプレイとキーボードにかじりつく。こんなときの男は仕事が逃げ道だと、自分でもしみじみ思った。面倒なことや困ったことは、とりあえず仕事をしているうちにうやむやにできる。それで手遅れになった恋人たちや夫婦も数しれないのだろうが。

ホームページのデザインを続けながら、頭のなかにあるのはアキヒトのことだけだった。自分は男である。どうやったら女になってオフラインで彼と会えるのか。もちろん秀紀は多くは望んでいなかった。アキヒトの顔を見て、声をきく、そして一度だけ親しく会話をかわせれば、それでもう十分なのだ。

ネット上のメッセージ交換しかしていないが、これほど話があう人間と出会ったのは、秀紀は生まれて初めてだった。相手が男であろうが、女であろうが関係なかった。最後の決め手になるのは、人間性と心の相性ではないだろうか。けれども、ささやかな夢をかなえるには、絶対の障害がある。

「ああ……まったく、もう」

思わず髪をかきむしってしまう。髪が抜けて、ふけがキーボードに落ちた。

「どうしたの、大久保くん」

秀紀はそのままの格好で椅子から跳びあがってしまった。あわてて振りむくと、同期の片桐沙織がパーティションに片腕をかけて立っていた。ブーツカットのジーンズに、春色のニットのアンサンブル。背も高いし、小顔でスタイルもなかなかだ。秀紀は何度も沙織の全身に視線を走らせた。これならいけるかもしれない。

「なによ、気もち悪いな。目が真っ赤だよ。ちゃんと寝てるの。まあ、いいや。このまえの企画書だけど、読んでくれた？　あのあとでクライアントがさ」

秀紀は両手をあわせていった。

「沙織、一生のお願いがあるんだけど……」

「だめだめ、これ以上は一日だって納期は延ばせないから」

「そんなんじゃないよ。もっともっと重要なこと」

「なによ、浜名インストゥルメンツの仕事よりも大事なことがあるの」

以前ホームページデザインでグランプリをもらった秀紀のチームの看板クライアント

だった。予算もおおきく、自由度も高い優良顧客だ。秀紀は口ごもってしまった。

「会社のことじゃなくて、ぼく個人の問題なんだ」

沙織にはまったく話の流れが見えていないようだった。不思議そうな表情で秀紀を見おろしている。

「お願いだ、キリコになってくれ」

「キリコって、大久保くんがやってるネットおかまの……」

秀紀は腕を振りまわして、沙織の口からでた言葉をかき消そうとした。

「そんなこと大声でいわないでくれ。でも、ほんとうに一生のお願いだ。ぼくの代わりにキリコになってオフラインのデートにいってほしい」

秀紀は雨乞いをする人のように頭のうえで両手をあわせ、てのひらをこすり続けるのだった。

♥

「眠くてしかたないよ」

福田靖弘があくびをして涙目でいった。

「わかってるって、急に呼びだしたりして、ごめんなさい」

その夜の千晶は妙に低姿勢である。代官山にある創作和食のレストランだった。この建物は地上階にはおしゃれなブティックが入居しているのだが、地下へつうじる階段をおりると、とたんに純和風の造りだった。入口の扉はどこかの豪商の蔵についていたという。コンクリート製のビルのなかには、不必要な柱が古民家から移築されている。千晶と靖弘、それに見届け役の真貴子が座卓をかこむ部屋は、障子で仕切られた四畳半の個室である。真貴子がぬる燗《かん》の純米酒をすすめた。

「まあまあ、お疲れなのはわかりますけど、千晶先輩の一生に一度の頼みなんです。きいてあげてください、福田さん」

こんなときの真貴子の態度は、同性の自分が見てもたいしたものだと千晶は思った。だが、かわいい女の振りは靖弘にはあまり効果がなかったようである。

「ふたりとも今日がいつだかわかってるのか。うちの雑誌の校了日なんだぞ」

数百ページにわたる雑誌の写真、イラスト、原稿、さまざまな情報すべてのチェックと校正を終えて、印刷所にわたす最終日である。どの編集部でも校了日は徹夜になる。それが日本の出版界ではあたりまえなのだ。

「昨日もほとんど寝てないし、今日だって帰ってから朝まで、何万字も読まなくちゃいけないんだからな。あんまり面倒な話はなしにしてくれよ。酒は一杯だけでいい」

千晶は座っていた座布団からおりた。畳のうえに正座して頭をさげる。

「わたしになってくれませんか」

おちょこを口元に運ぶ靖弘の手がとまった。

「おれが千晶になる？　なんだ、それ。おれの女装はきついと思うけど」

千晶は顔をあげて、真剣な目で靖弘をまっすぐに見つめた。

「あなたはそのままの男性でいいんです。まえに、わたしがネットで女性と親友になった話したよね」

靖弘は安心したようである。おちょこを空けるといった。

「なんだっけ、その子の名前……確か、キリコとか、なんとか」

「そのキリコとオフラインで会うことになって。わたしもいいかげん実物の当人に会ってみたかったし、一度きちんと相手の顔を見て、話ができれば、気もちも落ち着くと思うの」

靖弘は腕を組んでしまった。しばらく返事がかえってこない。

「うーん、本気かよ。だって、おれはキリコとかいう女の子のことは、ぜんぜんしらないんだぞ。話がちゃんとあうのかな」

千晶はショルダーバッグのなかからA４のプリントアウトの束をとりだした。どさりと音を立てて、漆塗《うるしぬ》りの座卓のうえにおく。どうしても読まれたら恥ずかしいメッセージを細かに削除したため、プリントアウトするのに半日もかかった労作である。

「わたしとキリコさんはメッセージの交換しかしてないから、ここにあるのがおたがいについてわかっている全情報なの。だから、軽く目をとおしてくれれば、あとは適当にアドリブでごまかしてくれていいから」

　真貴子も援護射撃をしてくれる。

「福田さんて、頭の回転が速いもの、そういうの得意そうですよね」

　靖弘はまんざらでもないようである。

「まあ、そんなこともないけどさ……」

　編集者はプリントアウトを手にとった。

「うわー、とんでもない厚さだな。千晶は男になったつもりで、こんなにたくさんのメールを書いたのか」

　しぶしぶうなずくしかなかった。

「まあね。でも、別にこれは同性愛というのとは違うから。セクシュアルなものをふくまない愛情というか、好意というか、人類愛というか」

　自分で説明していても、しどろもどろになってしまう。考えてみたら、別に同性愛だろうがまったく恥じることなどないのだが。千晶はあらためて頭をさげた。

「たいへんなことを頼んでいるのは、わかっています。今すぐここで返事をしてくれなくてもいいの。あとで時間ができたときに、そのメッセージを読んでみて、それでこたえをください……あの」

靖弘が不思議そうに目をあげた。

「なあに」

「いつもいつもわがままなお願いばかりして、ごめんなさい。ミツオカ・ジョージさんのときも、デートの代役も、こちらから無理ばかりいって。わたしはぜんぜん靖弘にイエスとはいってないのに……ごめんなさい」

「まあ、いいって、気にするなよ。なぜかしらないけど、おれは千晶の頼みは断れないようにできてるんだよな」

「ありがとう、靖弘」

「福田さーん、素敵ですー」

千晶と真貴子の声が狭い個室のなかで、きれいに重なった。

「校了なんてもういいか。じゃあ、もう一杯もらおうかな」

靖弘がさしだした器に、真貴子が嬉々としてぬるい日本酒を注いだ。

♠

「だからさ、それ本気でいってるの、大久保くん」

ねぎま、つくね、レバー、ハツ、とり皮が二本ずつ。たれはつくねとレバーだけだった。ふたりのあいだには焼き鳥の盛りあわせの大皿がある。汐留のオフィスからＪＲのガードをくぐって、秀紀と沙織は新橋駅烏森口《からすもりぐち》の焼き鳥屋にきていた。二千円もあれば満腹になる大衆店である。テーブル越しにむきあうふたりのあいだを、炭火の煙が流れていった。

「本気も本気。このまえいったように、もう沙織しかお願いできる相手がいないんだ」

沙織は不服そうな顔をした。ふりかけでもかけるように七味唐辛子を焼き鳥のうえにたっぷりとまいた。秀紀は辛いのが苦手だが、口からでかかった抗議を押し殺す。ここで沙織の機嫌をそこねるわけにはいかなかった。

「そのキリコだっけ。どういうキャラにしたの」

「ぼくと同じ二十九歳で、ＩＴ関係の仕事をしている。ホームページ制作とか。長身でやせ型。彼氏はいない」

ひと口でねぎまを半分頬ばって、沙織がいった。

「まんま同じじゃない。で、髪型は」

「えっ、髪型？」

「普通の女の子だったら、それだけの期間メッセージ交換していれば、途中で何度かカットハウスにいくでしょ。必ず自分の髪型についてふれる機会があったと思うんだよね」

「そうか。ぼくはぜんぜん自分の髪についてなんて書いたことなかったよ」

沙織は夜になっても寝癖が残っている秀紀の頭にちらりと目をやった。

「キリコのことより、自分の頭を気にしたほうがいいみたいね。で、ファイルのプリントアウトもってきたんだよね」

「……はい」

秀紀はデイパックのなかから分厚い紙の束をとりだした。

「これなんだけど」

さしだしにくそうにしていると、沙織が奪いとった。

「いいからさっさと見せて」

目のまえで読むのはやめてくれと秀紀は叫びそうになった。自分はずっと女言葉で書いているのである。沙織は秀紀の気もちなどかまわずに、ページをめくって目をとおし始めた。

♥

靖弘から急に呼びだされたのは数日後だった。

わざわざ編集部を抜けだして、セブンシップスの近くまで足を運んでくれるという。千晶が指定したのは、いきつけの店である。真貴子とよくいく旧山手通り沿いのしゃれたオープンカフェだ。メニューを見ていると、店のまえにタクシーがとまった。靖弘が雑誌のロゴのはいった封筒を抱えておりてくる。

「よう、お待たせ」

無事今月の校了を終えたせいだろうか。声も顔色も明るかった。靖弘は千晶のむかいに席をとった。ウエイターがやってくると、真貴子がいった。

「パスタランチのAをふたつ」

「Aってなにかな」

真貴子が若い男性用の飛び切りの笑顔をつくっていった。

「ブロッコリーと生ハムのパスタ」

「じゃあ、おれもそれをひとつ」

ウエイターがいってしまうと、靖弘はグラスの氷水を一気にのんでしまった。なんだか興奮しているようである。よく見ると、目も充血して赤くなっている。千晶は心配になった。

「どうしたの、まだ校了の疲れが残ってるの」

靖弘は目をこすりながら、にやにや笑った。

「目が赤いのはうちの雑誌のせいじゃない。千晶とキリコのメールのせいだよ」

「そうなんですか」

高い声で返事をしたのは真貴子である。靖弘はうなずいた。

「そう。おれ、徹夜明けで眠くてしかたなかったんだけど、気になってぱらぱらとこいつを読んでみたんだ」

封筒からA4のプリントアウトの束をとりだした。靖弘はテーブルにのせると、ぽんぽんとペットでもかわいがるように軽くたたいた。数十枚の黄色い付箋が、あちこちのページから顔をのぞかせている。ずいぶん熱心に読んでくれたようだ。

「そうしたら、おもしろくてやめられなくなった。千晶がキリコにはまったのが、よくわかるよ。彼女、ほんとにいい子だもんな」

「えー、そんなにおもしろいなら、わたしにも読ませてくださいよ、千晶先輩」

真貴子がプリントアウトに手を伸ばした。

「ちょっと待って、マッキーはあとでね」

靖弘の話はとまらなかった。

「おれは昨日の夜もう一回、付箋をつけながらていねいに読んだんだ。ちょっと感動したよ。いい話じゃないか。睡眠不足はもう三日連続だ。目だって、赤くなるさ」

千晶は内心とてもうれしかったが、なんだか調子が狂ってしまった。キリコとふたりの私信がそれほどおもしろいなんて、想像もできなかったのである。靖弘の反応はまったくの想定外だった。

「千晶はネットのなかでは、なかなか男まえだな。おれの読んだ感じじゃ、キリコはすっかり千晶……いやアキヒトにいかれてる。それにさ」

元ボーイフレンドはにやりといじわるそうに笑った。

「千晶もずいぶんキリコにいれこんでるよな。ほんとうは大好きって感じだったぞ」

「いやー、千晶先輩ったら」

真貴子の声はジャングルの鳥の鳴き声のようである。千晶は混み始めたカフェで顔を真っ赤にした。

「……いや、だから、それは同性愛っていうんじゃなくて」

靖弘はプリントアウトを手にとって、千晶のほうにむけて見せた。

「なにいってるんだよ、千晶。誰か人を好きになるのは、ぜんぜん悪いことじゃないだろ。キリコと結婚するわけでもないんだしさ。相手が男とか女とか気にするな。そんなことより、ひとつ相談があるんだ」

確かにそのとおりだった。キリコが同性でも、好意をもつのはおかしなことではない。異性の靖弘からあらためてそういわれて、千晶の胸はぐんと軽くなった。反射的にこたえてしまう。

「靖弘にはずいぶんお世話になったから、どんな相談でものってあげる」

男の目は赤かったけれど、興奮に輝いていた。

「よかった。こいつをうちの会社から本にしないか」

「えーっ……」

思わず叫び声をあげてしまった。周囲のテーブルの視線が千晶に集中している。編集者はにこにこ笑いながら、じっとこちらの様子を見つめていた。自分とキリコのメールのやりとりを本にして出版する。こんなに恥ずかしい文章を世間に公表するのだ。千晶は顔をあげ、絶望的な気分で鈍く青い春の空をあおいだ。

神さま！

♠

「ったく、男が書いた女言葉って、気もち悪いんだから」

先ほどから沙織は容赦がなかった。秀紀はしだいに不安になってきた。同じ焼き鳥屋に連れていけといわれて、最初の二十分間いかにメールの書きかたがなっていないか、説教をされたのである。せっかくの焼き鳥の盛りあわせが、皿のうえで硬くなっていた。

「だけど、このファイルには不思議な力があるんだよね。なんだか、いまいましいなと思いながら、わたし、三回も読んじゃった」

「えっ」

沙織の声の調子が変わっていた。秀紀は恐るおそる顔をあげて、テーブルのむかいの同期を見た。

「大久保くんが猫なで声で書いてるのは笑っちゃうんだけど、ところどころすごく真剣になってるでしょう。恋愛とはなんだろう、人を好きになるのはどういうことだろう、孤独に生きるのはなぜこんなにつらいんだろう。なんだか、しんみりしちゃうんだよね」

沙織が女性にしてはおおきな手を伸ばして、秀紀の肩をたたいた。

「くやしいけどさ、これを読んでいたら、わたしも思っちゃったんだ。久しぶりに誰かを好きになりたいなあ、恋をしたいなあって」

沙織が一回目よりもさらに強く秀紀の肩をたたく。痛かったが、秀紀は声をださなかった。気がつくと同期の女性社員の目には、うっすらと涙がにじんでいるようだった。

「もしかして、沙織、泣いてるの」

小声でそういったとたんに三発目が飛んできた。同じところなので、今度はかなり痛い。

「なによ、自分はネットおかまの振りしてるくせに、わたしが恋をしたくて、切なくなって……それで泣いたら、おかしいの」

そういえば、沙織はこの店にはいって、焼酎の水割りを三杯も空けていた。酒癖の悪さは、社内ではけっこう有名なのだ。ここは相手を刺激しないほうがいいと思い、秀紀は軽く頭をさげた。

「おかしくなんてないよ。そんなふうに感じてもらえたのが、意外だな。これはアキヒトとぼくのふたりきりの問題だと思っていた。だってひどくプライベートなメッセージばかりだから」

沙織は百パーセントの笑顔を見せた。完全に酔っ払ってしまったとろけるような笑みである。

「そうそう、アキヒトくんてすごくカッコいいよねえ。なんだか、わたしの好みのタイプかもしれない」

沙織にそういわれると、恋敵のようでなんだか複雑な気もちになるのが、自分でも居心地が悪かった。沙織と自分が同じ男を奪いあう。想像しただけでげんなりする。するといきなり沙織がいった。

「ねえ、それでさ、最初のオフはいつにするの」

「やってくれるんだ！」

「もちろん、大久保くんだけじゃなく、わたしだってアキヒトに興味しんしんだもの」

「ありがとう、ほんとに助かる」

秀紀は沙織に深々と頭をさげた。これでデートの代役は決まった。いつでもオフラインのミーティングを設定できるのだ。秀紀は家に帰ってカレンダーを確認するのが、たのしみでしかたなかった。

♥

ぬるい風呂に一時間、ゆっくりとつかって、千晶は戦闘態勢を固めた。

いよいよキリコをオフライン・ミーティングに誘うのだ。洗いたてのパジャマ姿でノートパソコンにむかい考え直す。

（ミーティングなんて言葉は仕事みたいでぜんぜん色気がないな。キリコと初めて会うのは、やっぱりデートだよね）

ネットのなかでは、自分はアキヒトという名の男性なのだ。ここはひとつ男らしく、きっぱりとこちらからデートの申しこみをしなければならない。これまでの恋愛ではいつも男性からの誘いを待っていた千晶だが、その夜は別人だった。キーボードを打つ指の圧力さえ、いつもよりずっと高いようだ。キーが底を打つ音が勇ましい。

仕事のほうはようやく一段落しました。
かねてからの約束だったオフラインのデート、ぜひ実現させましょう。
ぼくのほうは今週の土曜日の午後が、第一希望です。
無理なようなら、翌日の日曜でもいいです。
なんとしても、リアルなキリコさんに会ってみたいので、
スケジュールは絶対そちらにあわせます。
まだしばらく起きているので、帰宅しているなら
メッセージを返してください。
ぼくは今、ひどくドキドキしています。
こんなことは高校生のときの初デートでもなかったことです。

胸の鼓動が激しいのは、比喩ではなく事実だった。なんでもない文章なのに、入力しているうちに胸が苦しくてたまらなくなったのだ。指の先まで熱く脈が届いている。千晶はじっとしていられずに、ディスプレイのまえを離れて冷蔵庫にアセロラジュースをとりにいった。ビタミンCには美肌効果がある。自分が直接顔をあわせるわけでもないのに、すっかり千晶はその気になっていた。

♠

秀紀はベッドに横になり、プリントアウトしたアキヒトとの往復メールを読み直していた。なぜ、あれほど沙織は心を動かされたのだろう。感動の恋愛小説というのは、本屋にいけばいくらでもならんでいるけれど、こちらは劇的なことなどなにひとつないメールの交換にすぎない。致命的な病気もない、事故も記憶喪失もない平凡な話だ。アキヒトとは会ったこともないし、自分たちはつきあっているとはいえなかった。冷静に考えたら、アキヒトとオフラインで会っても、事態はなにも変わるはずがなかった。自分もアキヒトもゲイではないので、未来の可能性はゼロである。

メッセージの着信を告げるチャイムの音で、秀紀は跳びあがった。暗い気もちになっていたことなど忘れて、デスクトップコンピュータに張りつく。ウインドウを開いて、短いけれど熱烈なデートの誘いを読んだ。

（……うれしい！）

好きな男性から初めてのデートに誘われる女性の気もちというのは、こんな感じなのかもしれない。調子はずれの歌でもうたうか、数すくない友人すべてにしらせるか、あるいは春の夜に飛びだしてスキップでもしたくなるくらいうれしかった。

秀紀は震える指で、メッセージを打ち返した。うれしいのは確かだが、自分は女性のキリコである。あまりがつがつするのもよくないだろう。だが、そう考える秀紀は自分が無意識のうちに微笑んでいることに気づいていなかった。

とうとうこの日がきたんだなと、ちょっと感動しています。
わたしも土曜日はだいじょうぶです。
おしゃれな場所や気のきいたコースでなくてもかまいません。
わたしにはアキヒトさんと会えるだけで十分です。
土曜日の午後どこにいけばいいでしょうか。

そこまで入力して、秀紀ははっと思い立った。できることなら広いカフェにアキヒトと沙織のデートをセッティングしたほうがいいのではないか。それならすぐ近くに席をとって会話の内容をフォローできる。さらにキャッシュ・オン・デリバリーの店なら、なにかあってもすぐにその場を離れられるし、混みあった会計で顔をあわせる危険も避けられるだろう。最後の一行を消して、記憶のなかにあるオープンテラスのカフェをサーチする。そうだ、あの店があった。

そういえば、お台場のアクアモール3階に、気もちのいいカフェがあります。

アイランドカフェという店で、オープンテラスからの眺めは絶景。

東京湾と白砂のビーチとレインボーブリッジがいっぺんに目にはいるのです。

その店で午後2時ではどうでしょうか。

まだわたしは緊張していて、アキヒトさんのまえで食事はできないと思うので……

これからずっと眠れなくて、デートのときふらふらでも笑わないでくださいね。


こんなふうに女性の気もちになるのが、自分でも興味深かった。睡眠不足のことなど、以前つきあったガールフレンドとのメールではふれたことさえなかった。秀紀は送信をクリックしてから、デートについて考え始めた。

できれば沙織とアキヒトの会話を録音しておきたい。もう次回はないかもしれないデートなのだ。すこしでもアキヒトの記録を残しておこう。遠くからでも、できたらアキヒトの写真も撮れたら最高である。

なんとかうまく音声と映像を隠し撮りする方法はないものだろうか。離れた場所に三脚をすえて、デジタル一眼の望遠レンズでねらおうか。だが、自分はアキヒトのテーブルのそばに座っているはずだ。では至近距離からの撮影になるのだろうか。携帯電話のカメラは意外におおきなシャッター音がするものだし……。

ベッドに寝そべって、秀紀はあれこれとスパイ大作戦のような思案にふけった。音声は最近、性能のいい小型ＩＣレコーダーがあるから問題ないだろう。指向性の強いピンマイクも秋葉原にいけばいくらでも売っている。土曜日になるまえに買いものにいかなければならない。機械や電子部品の好きな秀紀の腕が鳴った。

そのとき再び着信音が響いた。秀紀は短距離選手のようなスピードで、パソコンにむかった。メッセージを開く。


アクアモールのアイランドカフェで、午後２時だね。

了解しました。会えるのをたのしみにしています。

ぼくもやっぱり、寝不足になってしまうかもしれない。

今夜からもう危険なくらい。ぼくたちはネットでしか、話していないのに、なぜこんなに心がつうじてしまうんだろうね。

早く土曜日にならないかな。おやすみなさい、キリコさん。


秀紀の顔を液晶ディスプレイの青い光が照らしていた。目にうっすらと涙がにじんで、そこに光がたまっている。自分でもどうして、これほどアキヒトが気になるのかわからなかった。ただ自分たちは、一本のワイアーの両端でこうして出会ってしまった。実際に会ったことはなくても、心と心がつながってしまった。同性であることなど、どれほどの意味があるのだろうか。

あらゆるものが変化し進歩していく二十一世紀である。恋愛だって変わってもいいはずだった。リアルな世界に基盤をもたない新しい形の恋。自分とアキヒトのあいだに、そんな関係が生まれる可能性はないのだろうか。

秀紀はデスクから離れ、ベッドにダイブした。枕を抱き締め、春の夜のなかで叫んだ。

「あーっ！　……すぐに土曜になんないかな」

♥

土曜日の午後零時半に、千晶と真貴子と靖弘が集合したのは、アクアモールの一階にあるイタリアンだった。遅めのブランチをたべながら、アキヒトとキリコのオフライン・ミーティングの打ちあわせをする予定である。

「あー、なんだか緊張するなあ」

千晶が食後のエスプレッソをすすって、そういった。

「なにいってるんだよ。千晶は実際にはキリコに会うこともないんだぞ。緊張するのは代役のおれのほうだろ」

確かにいわれてみれば、靖弘のいうとおりだった。見ずしらずの相手といきなり会って、自分で書いたわけでもないメールの内容をもとに、なんとか話をつながなければならないのだ。デートの代行はたいへんな大仕事だった。

「それはわかってるけど、ほんとうにどきどきするんだもん。しかたないでしょ」

真貴子が横から口をはさんだ。

「ほんとに。わたしだって、つきそいできただけなのに、やっぱり緊張しちゃいます」

調子のいい後輩はにやりと笑って、横目で千晶を見た。

「それに、ひと目ぼれっていうこともあるでしょう。キリコさん相手に、今日から千晶先輩がレズビアンに目覚めるかもしれないし。ちょっと怖いけど、たのしみ」

「それはマジであるかもな」

赤と白のブロックチェックのクロスがかかったテーブルをかこんで、元ボーイフレンドと職場の部下が意味深な目配せを交換した。人のことだと思って、失礼な人たちである。しかし、ここで靖弘の機嫌を損ねるのは得策ではなかった。

「はいはい、わかりました。ねえ、機械のほうはだいじょうぶなの」

靖弘は春もののレザーブルゾンの襟の裏側にとめたピンマイクを指先で押さえた。

「ああ、ICレコーダーの電池は新しいのにいれ替えてある。こんなに緊張するのは、大物女優や有名作家のインタビューのときくらいだな。もしあのメッセージのファイルがうちから本になったら、千晶も作家先生ということになるけど。おれのほうでも、キリコさんとはうまくやりたいよ。今後の出版計画もあるからな」

千晶はともかくキリコから同意を得なければ、ふたりの往復メッセージを本にはできないだろう。靖弘には出版社の編集者として、また別な算段があるようだった。千晶は真貴子にいった。

「マッキーのほうはカメラ、だいじょうぶ？」

「はい。もう何日もまえから福田さんに借りて、練習してますから」

小型のデジタルカメラをテーブルのうえにのせた。名刺いれほどのおおきさしかないけれど、これで十二倍の望遠レンズがついているという。すこし離れた席からでさえ、十分顔のアップで細かな表情を狙えるはずだった。

「こっちの心配はいいさ。あとはなにより、千晶がしっかりしてくれよ。そっちのほうが作戦司令官なんだからな」

そんなことをいわれたら、急にのどが渇いてきた。氷水のはいったグラスを、ひと息で空けてしまう。予定では靖弘とキリコが店内にはいり、すこし遅れてから、千晶と真貴子が別々に合流する手はずだった。千晶はキリコのそばのテーブルに席をとり、それとなく会話に耳を澄ませる。なにか困ったことが起きたら、靖弘に緊急メールを打つことになっていた。真貴子はカメラマン役として、離れたテーブルに座る計画だ。

「なんだか、こういうのってすごくたのしいな。わたし、ミステリー大好きなんですよね」

真貴子がこらえ切れないようにいうと、靖弘もうなずいた。

「ほんと、おれなんか潜入捜査官みたい。『ディパーテッド』のレオナルド・ディカプリオだな」

まったく人の気もしらないで、お遊び感覚なんだから。千晶は口まででかかった文句をのみこんで、窓の外に目をやった。雲は多いけれど、まずまずの天気だった。ときおりシュークリーム型の真っ白な雲の切れ間から、ナイフのように鋭い日ざしが落ちて、お台場のビルをななめに照らしている。なんだかドラマチックなことが起きる前兆のような気がするから、自分でも不思議だ。

千晶は腕時計を見た。約束のデートの時間まで、あと三十分もない。なにかを叫んで駆けだしそうな心を、千晶は必死に抑えていた。

♠

「ふーん、そのマイクとCCDをつければ、大久保くんのところに音声と映像が飛ぶのか」

そば粉十割のせいろそばをすすりながら沙織がいった。窓のむこうはお台場の埋立地だった。真新しいビルのすき間には、雑草のしげる空き地が、まだたくさん残っている。秀紀は再開発まえのこのあたりをしっているので、超高層マンションの建築ラッシュが信じられなかった。感覚的には一夜にして、魔法のように地上四十階を超える建物が生まれたような印象なのだ。

「そうだね」

先にそばをたべ終えた秀紀は、窓際のカウンターにショルダーバッグをのせた。なかを開いて見せる。

「それで、こっちにあるのがレコーダーとビデオカメラ。どっちにもトランスミッターの受信機がついてるから、スイッチをいれれば自然に音と絵が記録されるんだ」

秋葉原で部品を買い集め、徹夜でつくった秘密兵器だった。普段ならもったいないという金銭感覚が働くのだが、アキヒトのことになるとなぜかいくら浪費してもかまわない気もちになるのだった。

「そういうのもいいけどね、でも大久保くんは大事なことを忘れてるよ」

恐るおそる秀紀はいった。

「えっ……なあに」

沙織はいつも突然、問題発言をする。以前、終了直前の企画会議で最後に手をあげて、難題を指摘したことがあった。おかげで、会議はそれから三時間も続いたのである。

「一回目のデートは、まだいいよ。でも、二回目からはどうするの」

秀紀の頭のなかが真っ白になった。とりあえず初めてのオフライン・ミーティングを成功させることしか考えていなかったのだ。それになぜか、デートは最初で最後という勝手なイメージもあった。

「わたしはどちらでもいいけど、別れ際に必ずきかれることになるでしょう？　礼儀としては男性から、つぎはどうしますかってね。どんなふうにこたえたらいいのかな」

確かに沙織のいうとおりだった。二回目のデートをするとしたら、沙織は嘘をついたままアキヒトとつきあい続けることになる。誰かをそんな形でずっとだまし続けるのは不可能だろう。沙織にとっても負担がおおきすぎる。

「どうしたらいいのかな……先のことなんて、ぜんぜん考えてなかった」

沙織はせいろそばをたべ終えると、店員にそば湯を頼んだ。七味をすこし散らしたそばつゆを割って、ひと口する。

「うーん、そばもいいけど、このあとのそば湯がたまらないんだよね。あのさ、大久保くん」

秀紀は意味もなくデジタルビデオカメラをいじりながら考えこんでいた。自分とアキヒトにはやはり未来はないのだろうか。ネットのなかだけとはいえ、性別を偽るのはやはり許されない嘘だったのか。

「……なに」

沙織がお台場のむこうに広がるまぶしい東京湾に目をやって、きっぱりといった。

「大久保くんがいえないなら、わたしのほうから事情を話してあげようか。悪気はなかったけれど、あまりにたのしくて、ついつい女性名でメッセージ交換をしてしまった。一度だけでいいから、声をきいて、話をしてみたかった。ごめんなさいって」

地方からきた団体の観光客でいっぱいの日本そば屋で、秀紀は悲鳴をあげそうになった。

♥

約束の時間の五分まえに、靖弘はアイランドカフェのエントランスに立った。背後にはガラスのショーウインドウがぴかぴかに磨かれている。なかはロウ細工のハンバーガーやホットドッグだった。この店の売りはアメリカンスタイルの手づくりファストフードだ。

靖弘がはいているのは、シチズン・オブ・フリーダムのダメージジーンズだった。待ちあわせの目印に、キリコと決めたものである。キリコも同じブランドのジーンズでくるはずだった。このジーンズはまだ日本にはたいした数量がはいっていない。一軒のカフェで何人もはいているはずはなかった。

千晶と真貴子はすこし離れた博多ラーメン店のまえから、緊張した表情の靖弘を見つめていた。真貴子は顔の半分を隠すセルフレームのサングラスをかけている。

「先輩、いよいよですね。なんだか、わたし足が震えてきました。緊張してひどいミスをしたらどうしよう」

緊張しているのは、千晶も変わらなかった。自分にいいきかせるようにいった。

「だいじょうぶ。どうしようもなくなったら、先に店をでていて。あとで合流すればいいんだもの。きっと、だいじょうぶ」

「あっ、千晶先輩、あの人」

あわてて指さされたエスカレーターのほうを見た。まっすぐな髪、ちいさな頭、顔は涼やかな雰囲気で、かわいいというよりは和風美人だった。日本犬のようなきりりとした表情をしている。ステップの上昇にあわせて、しだいに全身があらわれてきた。ベージュの麻のジャケットに白いシャツ、パンツはシチズン・オブ・フリーダムのダメージジーンズだ。キリコは長身でスタイルがよかった。真貴子が両手を胸のまえで組んで悲鳴をあげた。

「きゃー、キリコさん、素敵」

ステップ数段遅れて、あまり風采のあがらないおたくっぽい男性がやってきた。こちらもめずらしいことにシチズン・オブ・フリーダムのダメージジーンズ姿だった。だが、千晶には当然、そんな男の姿など目にはいらなかった。キリコを見つめて静かに感心していたのである。

（……この人がネットのキリコさんか）

最初に、興奮というよりも静かな満足を感じた。素敵だなと思うけれど、意外と冷静である。胸が苦しくてたまらないという恋心は、どこを探ってもみあたらなかった。ルックスがはっきりすると、どんな声をしているのか気になってたまらなくなる。

靖弘とキリコがカフェのまえで、軽くお辞儀をかわした。千晶の元ボーイフレンドは照れているようだった。キリコは靖弘好みなのだ。勝気そうで、スリムで、長身。すべて編集者のストライクゾーンのど真ん中である。靖弘が先に立って、アイランドカフェにはいっていく。千晶は真貴子にささやいた。

「わたしたちもいこう、マッキー。あなたは三十秒後にきてね」

「あー、もうちびってしまいそう」

千晶は後輩の冗談にとりあわずに、大またでカフェにむかった。エントランスのレジを抜けると、ブルーとホワイトのストライプの制服のウエイトレスが声をかけてくる。

「いらっしゃいませ。お好きなお席にどうぞ」

適当にウエイトレスにうなずきかけて、ふたりの姿を探した。ウエイトレスはすぐにいってしまう。アルミサッシのむこうを見た。ウッドデッキの日よけのしたのテーブルに、靖弘とキリコの姿が確認できた。なにを話しているのだろうか。キリコが口元を押さえて笑っていた。

「えーっと、すみません。ひとりなんですが」

先ほどの男が指を一本立てていた。シチズン・オブ・フリーダムのジーンズはしっかりと腰ばきしていて、雰囲気は悪くない。だが、なにかにひどくあせっているようだ。きょろきょろと店内を見わたしている。ショルダーバッグを斜めがけしているのが、おたくっぽさを強調していた。千晶は汗をかいている男をおきざりにして、ウッドデッキにむかった。

室内からデッキにでると、とたんに太陽光に打たれた。レインボーブリッジは横倒しになった白い弓のようにしなやかに埋立地と本土を結んでいた。白い砂をいれた人造のビーチでは、気の早い恋人たちや家族連れがシートをカラフルに広げている。ほとんど波のない静かな入り江だった。空は絵葉書で見る南の島のように鉱物質の青さである。そして、なによりも、すぐ手の届くところにキリコがいる。こんなに充実した休日は久しぶりだ。

千晶はスキップしそうな勢いで、靖弘とキリコが座るテーブルのとなりに席をとった。

ランチタイムをすぎてしばらくたっているので、デッキは四分の一ほどしか埋まっていない。

「アキヒトさんはなんにしますか。わたしは暑いから、アイスレモンティーにしようかな」

キリコの声がきこえた。大人の女性の落ち着いた声だった。好感度がますますアップする。靖弘が千晶にちらりと目をむけていった。

「じゃあ、ぼくもキリコさんと同じで。今日は会えて、ほんとうによかった」

千晶は靖弘が本気で口説きモードにはいらないか、急に心配になってきた。

♠

キリコが男性であると話そうかという沙織の提案に、秀紀はなにもこたえられなかった。たべたばかりの日本そばが胃から逆流してしまいそうだ。しばらくして、なんとか返事をしぼりだした。

「お願いだ。今回は最初のデートだし、かんべんしてくれ」

沙織はあっさりといった。

「わかった。でも、このあとで、将来どうするか、真剣に考えておいたほうがいいよ。

永遠にばれない嘘なんてないんだから。もう時間だね、いこう」

先に沙織が立ちあがった。伝票をもって、秀紀もあとに続いた。支払いをすませて店をでると、エスカレーターの手まえで沙織が待っていた。

「ここからは別行動でいこう。すこし離れてついてきて。アイランドカフェのまえで待ちあわせだから」

秀紀はうなずいて、ショルダーバッグをしっかりと肩に斜めがけした。耳にはめたイヤホンから沙織の息づかいがきこえた。マイクとトランスミッターの調子はばっちりのようだ。アクアモールの三階に到着した。アメリカのダイナー風の店先に、よく日焼けしたスリムな男が立っていた。秀紀のように腹はたるんでいない。ジーンズのうえは春ものの革のブルゾンを羽織っている。オフホワイトで着丈が短く、身頃はタイトだった。スタイルがとてもよく見える。さすがにアキヒトはファッションの輸入商社に勤めるだけあって、おしゃれのセンスがよかった。

沙織がアキヒトに近づいていった。アキヒトが沙織を見て、かすかに頬を赤くしている。耳にいれたイヤホンからアキヒトの声がきこえた。

「初めまして、メールのキリコさんより実物のほうが、何十倍もいいですね」

さすがにアキヒトだった。第一声で初対面の女性をほめるなんて、高度なテクニックである。秀紀には想像もできないことだった。アキヒトと沙織のカップルと秀紀のあいだに、ボーイッシュな髪型の女性が立っていた。なぜかシチズン・オブ・フリーダムの見たことのないスリムジーンズをはいている。足が長いのでひざからしたのラインがきれいだった。

そこそこにかわいいその女性は、冷たい視線でちらりと秀紀の全身を探った。一瞬だけ自分と同じブランドのジーンズに目をとめる。

アキヒトと沙織が先にアイランドカフェにはいった。その女性が邪魔になって、秀紀はタイミングを失ってしまった。ウインドウの食品サンプルを見る振りをして、ひと呼吸時間をかせいだ。今度こそカフェにはいり、あわてて店員のいないフロアで叫ぶ。

「えーっと、すみません。ひとりなんですが」

先ほどの女性が店から続くウッドデッキにでていくところだった。青と白のストライプの日よけのしたに、アキヒトと沙織の姿を見つけた。秀紀は駆けだしそうになったが、わざと遠まわりをしてテーブルのあいだを縫っていく。

アキヒトとのデートは始まったばかりだ。ここであせる必要はなかった。

♥

「ぼくは心配していたんです。おたがいに写真の交換はしていなかったじゃないですか。

なんというか、その……」

　靖弘が口ごもると、キリコが笑いながらいった。

「ルックスにひどく不自由してる人とか」

「ええ、ものすごく太っていたり、まったくタイプじゃない人だったら、どうしようかと思っていた」

　春の終わりの潮風がやわらかにウッドデッキを抜けていった。ストライプの日よけが帆のようにふくらんでいる。会話は順調にすすんでいた。靖弘がすこしのり気すぎるのが気になるくらいである。

　千晶はふたりが座るテーブルのすぐとなりに席をとっていた。靖弘とキリコの会話に集中しているので、ひとつテーブルをはさんで、先ほどのおたくっぽい男性が緊張した顔つきで座っているのには気づかなかった。

「キリコさんのメールには、ほんとうに感動したな。仕事で疲れ切って、真夜中部屋に帰ってくる。そんなときに読むあなたのメッセージには、すごく勇気づけられた。あっ、いっておきますけど、普段はこんなふうに女性をほめることはないですからね。キリコさんは特別です」

　靖弘がちらりと視線をこちらに流してきた。憎らしいくらい爽やかな笑顔をみせる。考えてみると、つきあっていた当時でも靖弘からそんなふうにほめられたことはない。

千晶は思わず携帯電話を開いた。親指が目覚しいスピードで動いて、ショートメールが仕あがった。

あんまり調子にのらないように。まだ、会ったばかりなんだからね。

靖弘はメールを読むと、わざと音を立てて携帯を閉じた。みっつほど離れたテーブルでは、真貴子がレインボーブリッジを撮影していた。おのぼりさんを装って、デッキ周辺もファインダーに収めている。何枚かキリコの写真も撮ったようだ。

「そういえば、あの彼はどうしました？」

「えっ……」

靖弘がきくと、キリコはフリーズしてしまった。眉をひそめて、なにかを思い出す表情になる。一瞬の間をおいていった。

「あの人にはまだちゃんとおつきあいできませんと断ってないんです。察してくれたらいいんですけど」

キリコがいいよどむと、靖弘がすかさずいった。

「男ってにぶいですからね。誰かを好きになったりすると、とくにね。まして、相手がキリコさんみたいに素敵な人だったら、しょうがないですよ」

靖弘はこんなに歯の浮くような台詞をいう男だっただろうか。頭では不思議に思ったが、千晶はキリコの反応に集中していた。そのとき、靖弘がいった。
「すみません。ちょっと仕事のメールを打ってもいいでしょうか」
キリコが微笑んでうなずいた。靖弘は携帯を開き、入力を開始する。マナーモードにした千晶の携帯が、白いテーブルのうえで震えだした。フラップを開く。

ごめん、千晶。キリコさん、おれのタイプだわ。
マジで口説いちゃっていいかな。

返事を打つのも面倒だった。千晶はキリコがこちらを見ていないのを確認して、となりのテーブルにむかって、両方の人さし指でバッをつくった。まったく男というのはなにを考えているのだろうか。こんなに大切なときに盛りのついた犬のように舌なめずりをするなんて……。千晶は元ボーイフレンドにため息をつきそうになった。

♠

秀紀はほとんど顔をあげなかった。ショルダーバッグのなかに押しこんだビデオカメラの液晶モニタをじっと見つめるだけである。笑い、うなずき、すこし困った顔をするアキヒトを観察するのが、ただただおもしろかった。それはとても新鮮な感覚である。実際に相手と会ったらどうなるのだろうと不安だったが、同性愛は秀紀の思い過ごしにすぎなかった。肉体的なセクシーさをアキヒトからはまったく感じることはない。

それでも、幾晩も夜を徹してメッセージ交換した相手であるのはまちがいなかった。古くからの友人、あるいはチームメイトのようななつかしさがある。沙織は上々の対応を続けていた。一度、つきあいかけた相手についての質問で不自然な沈黙があったけれど、そのあとはうまくごまかしていた。

すると、沙織が耳を疑うような質問をした。

「アキヒトさんは、わたしのメッセージのどこがそんなに気にいったの」

いつも強気な沙織の地がでたようである。秀紀がとなりのテーブルで息をのんでいると、アキヒトが腕組みをして考え始めた。

「うーん、ぼくが読ませてもらって感動したのは、月なみないいかたになるけど、頭のいいところとやさしいところと相手を受けいれる心の広さかなあ。それじゃあ、全部か。キリコさんはアキヒトがなにをいっても、きちんと気もちを寄り添わせて返事をするでしょう。きれいな女の子はたくさんいるけど、やわらかな心をもった人はなかなかいないよ」

アキヒトが自分のことをアキヒトと他人のように呼んでいた。もしかしたら、本名ではないのかもしれない。沙織がテーブルに身体をのりだすようにしていった。

「そうそう。わたしもあのメッセージを読んで、そこに一番感心した。おたがいに相手を思いやる気もちがとても純粋で、素直で……でも、大人だからそれぞれの立場も大切にしている。素敵な距離感だなあと思った」

秀紀はきいていて、どきどきしてしまった。沙織はあのファイルを読んだ第三者の視点で語っていた。話に夢中になっているせいか、アキヒトがそれに気づかないのがラッキーである。

「ぼくはこんなふうに思う。あのＳＮＳには数百万人の会員がいて、毎日のようにその十倍もの数のメッセージが飛び交っている。そういうなかで、きちんと出会えたということに、なにか意味があるんじゃないかって」

沙織もまんざらでもなさそうだった。じっとアキヒトの目を見て、微笑んでいる。それは秀紀には見せたことのないほどうっとりとした顔つきだった。まさかとは思うけれど、沙織は初対面で自分でメッセージをやりとりしたわけでもないアキヒトに好意をもってしまったのだろうか。アキヒトと自分がつきあうはずがなくても、なんだかジェラシーを感じてしまうのが不思議だった。アキヒトがはにかんだようにうわ目づかいで、沙織を見つめた。

「なんだか、初めて会った気がしないんだ。ソウルメイトというか、魂の双子というか。急にこんなことをいうと変に思われるかもしれないけど……」

普段の沙織なら、有頂天になって甘い言葉を吐く男には厳しい突っこみがはいるはずだった。秀紀は息をのんで沙織の反応を待ったが、会社の同期は頬を染めているだけだった。これはいったいどうしたことだろうか。

秀紀の耳にいれたイヤホンに、こつこつとウッドデッキをたたく音が近づいてきた。やけに硬い足音である。せっかくふたりのオフライン・ミーティングが盛りあがってきたのに、無粋な観光客でもやってきたのだろうか。秀紀は目のまえで、ハイヒールの足音がとまってもバッグのなかに隠したビデオカメラから顔をあげなかった。

「大久保さん、こんなところでなにやってるの」

頭上からふってきた声で身体が凍りついた。顔をあげると、マリンルックの比呂がかみつきそうな顔をして立っている。両手を腰にあて、比呂はとなりのテーブルにむかった。そっちにいってはいけない。秀紀は叫びそうになった。

「片桐さんも、なにをしてるんですか。キリコなんて女はリアルな世界のどこにもいないじゃないですか」

この女は誰だろう。

セーラーカラーのジャケットに紺のプリーツスカート。まるで十代のアイドルのような格好だ。千晶は厳しい顔をした女をにらみつけた。女は冴えない男が座るテーブルでひと声かけると、なにを考えたのか、キリコと靖弘の席にむかってくる。そこでいきなり爆弾のような言葉を投げつけた。前半はよくきこえなかったが、最後のほうは千晶の耳にも焼きつけたように残っている。

（……キリコなんて女はリアルな世界のどこにもいないじゃないですか）

千晶のとなりのテーブルで、キリコとセーラーの女が話し始めた。なにが起きたのか、まるで理解不能だった。だが、ふたりは以前からのしりあいのようである。キリコがじっと女を見あげていった。

「秋山さんこそ、なにしにきたの。あなたにはなんの関係もないでしょう」

セーラーの女は両手を腰にあてた。一歩も引く気配はない。

「だって、キリコなんて嘘じゃないですか。全部、大久保さんがネットのなかでつくりあげた架空のキャラクターですよね」

靖弘はなにが起きたかわからずに、フリーズしてしまっている。勝ち誇ったように女がいった。

「そうですよね、大久保さん」

となりのテーブルの冴えない男は身体を縮めている。その場から消えてしまいたいようだった。

「……そう、です……」

男は切れぎれにこたえた。キリコが肩でおおきく息をする。

「だけど、秋山さんはなぜこのデートのことをしっていたの」

若い女はまったくひるまなかった。

「大久保さんが机のうえにおいたプリントアウトを見たんです。仕事の資料だと思って」

キリコは冷笑するような調子でいった。

「嘘でしょう？　自分が大久保くんに振られそうになったから、ほかに女でもできたのかもしれないと不安になった。それで勝手に探りまわっていたんでしょ。わたしに読ませるためのアキヒトさんとキリコのファイルを盗んで読んだ。あなたがやったことは、携帯電話を隠れて見たり、パソコンに不正アクセスしたりするのと変わらないよ。あれはふたりの私信なんだから。マナーだけでなく、法律違反じゃない」

それでも女は平然としていた。

「だったら訴えればいいじゃないですか。大久保さんはネットのなかでキリコという女性になってアキヒトさんとメッセージ交換していた。ネットおかまのファイルを読まれたって、訴えればいいじゃないですか」

千晶もようやく事態がわかってきた。自分が長いあいだキリコだと思ってメールを書いていた相手は、ひとつおいたテーブルで震えている男だったのだ。靖弘の顔にも理解の表情が浮かんでいる。こちらのほうを必死になって見ていた。

どうすればいい？　千晶はなにも考えることができなくなった。ウッドデッキになにかがどさりと落ちる音がした。大久保と呼ばれた男が床に手をついて、靖弘に頭をさげている。土下座する人間を生で見たのは、千晶は生まれて初めてだった。

♠

「ごめんなさい、アキヒトさん。ぼくはずっと嘘をついていた。ほんとうはキリコなんて女性ではなくて、相手はぼくだったんです。最初はだますつもりはなかったけど、何通かメッセージを交換しているうちに、こんなに気のあう相手はいないと思って」

アキヒトはテーブルに座ったまま、放心しているようだった。よほどショックなのかもしれない。秀紀はいった。

「今回のデートも悪気はなかった。ただアキヒトさんがどんな人なのか、顔だけでも見てみたくなって。それで、会社の同期に代役を頼んでしまった。彼女はキリコでなく、片桐沙織さんです」

沙織がぺこりと頭をさげた。こちらは秀紀と違い、もうさばさばとしている。悪びれた様子もなかった。

「ごめんね、アキヒトさん。でも、大久保くんがいったのは、ほんとうのこと。別に彼は同性が好きな男じゃないし、ボーイハントのつもりでメッセージ交換をしたわけでもない。だから許してあげてね。わたしはふたりのファイルを読んだからわかる。こんな最悪のオフライン・ミーティングになったけど、ネットのなかではものすごくいい感じだったじゃない」

アキヒトはもう限界のようだった。頭をさげられるたびに、困ったようにとなりのテーブルに視線を泳がせている。秀紀はつぎの瞬間、アキヒトが人さし指をクロスさせて、バツのサインを送るのを見た。自分や沙織にむけたものではないようだった。アキヒトはなにをしているのだろう。秀紀はウッドデッキの硬さをひざに感じたまま、ぼんやりとその日初めて会った相手を見あげていた。

そのとき、となりのテーブルで椅子の音がした。

「わたしのほうこそ、ごめんなさい」

先ほどカフェの入口にいたボーイッシュな雰囲気の女性が立ちあがっていた。謝られても、秀紀にはなんの意味かまるでわからない。アキヒトがひそかに恋人を連れてきていたのだろうか。シチズン・オブ・フリーダムのスリムジーンズをはいた女性が、ヒールの音をさせてこちらにむかってくる。なにをするのだろう。

「わたしもあなたと同じだった」

その女性が床に正座する秀紀の肩に手をかけた。そのまま引きあげようとする。

「立ってください。わたしも嘘をついていた。そこに座っているのは、わたしの昔のボーイフレンドで福田靖弘さんというの。アキヒトではないんです」

秀紀はゆっくりと立ちあがった。足がしびれたようで、身体がふらふらしてしまう。それともこれは精神的なダメージのせいなのだろうか。秀紀はアキヒトと名のった男とその女性を交互に見つめた。

「じゃあ……」

女性はゆっくりとうなずいて、深々と頭をさげた。

「わたしもあなたと同じだった。ネットのなかでアキヒトの役をたのしんでいたの。キリコという素敵な人に出会って、性を偽るのをやめられなくなってしまった。わたしもずっと親しくしてくれたキリコさんがどんな人か確かめたくて、福田さんにスタンドインを頼んだんです」

沙織とアキヒトの代役は気まずそうに、テーブルのおもてに視線を落としていた。秀紀は目のまえに立つ女性をあらためて見つめた。この人がほんものの「アキヒト」だったのか。話したいことは山のようにあった。やはり沙織に頼んでも、ほんとうに話したいことをきくことはできなかったのである。

だが、そのまえに片づけておかなければならないことがあった。ことの成りゆきに驚いていた比呂にむかっていった。

「長いあいだ、放っておいてすまなかった。でも、ぼくは秋山さんとはつきあえないと思う。ずっといえなかったけれど、ふたりきりで話をするたびに、なんだか違和感が増していったんだ。すまなかった」

比呂は瞬間で涙目になっていた。

「それは、ここにいる嘘のアキヒトのせいなの」

秀紀はちらりと目のまえの女性を見た。

「いいや、アキヒトさんには恋愛感情はなかったと思う。心からこの人はいい人だな、素敵だなと感じただけだ。きみが思っているようなことじゃない。お願いだから、もう帰ってくれないか」

「なによ、嘘つきのネットおかまとネットおなべのくせに。人のこと邪魔ものみたいにいって」

比呂がお台場のカフェのウッドデッキをでていく音は、軍隊の行進のように勇ましく、怒りに満ちていた。

♥

正面には空の半分を占めて、つり橋が見事な曲線を描いていた。無数の高層ビルが海沿いに垂直に立ちあがっている。東京湾は春の終わりの日ざしをはねて、青いフィールドのように波もなく広がっている。

完璧なロケーションをまえにして、千晶は泣きたくなってしまった。言葉もなく呆然と立ち尽くすのは若い男女四人である。千晶とアキヒト役の靖弘、キリコの代役をやった名もしらぬ女性、そしてほんもののキリコだという冴えない男。すべてをぶち壊していったセーラーの女は、勝手にきて、勝手に帰っていった。

気まずい視線がいきかうなか、キリコの代役がいった。

「もう隠してもしょうがないんだから、ふたりもこのテーブルに合流しない？　あらためて、自己紹介しよう」

おどおどした目で、冴えない男がいった。

「ごいっしょしてもいいんですか」

全員の視線が千晶に集まった。どうやら自分にきいているようだ。しかたなくいった。

「ええ、どうぞ。嘘をついていたのは、わたしも同じですから」

ひとつのテーブルを四人でかこんだ。マッキーは離れたテーブルで青い顔をしていた。これ以上事態を面倒にしたくない千晶は、軽くうなずきかけておいた。

先ほどまでのはずむような雰囲気は、まったくなくなっている。キリコの代役がさばさばといった。

「わたしは片桐沙織。彼と同じよろこびデザインの企画部で働いています」

千晶はとなりに座る元ボーイフレンドを見た。目を輝かせて、沙織を見ている。

「そうだったんだ。どうも会話がおかしいなという感じがしたんだけど。ぼくは福田靖弘。ファッション誌の編集者だ。昔そこにいるアキヒトとつきあっていたことがあった」

沙織がにっこりしていった。

「それで元カノのお願いを断れなかった」

代役ふたりは声をそろえて笑った。

「そうなんだ。彼女はけっこう人づかいが荒いタイプでね」

代役のくせにふたりだけで好き勝手に盛りあがっているのがしゃくだった。千晶は危険には自分から飛びこんでいく無鉄砲なところがある。やけになっていった。

「わたしがほんとうのアキヒトで、名前は丹野千晶。セブンシップスというファッションの輸入商社で、ブランドマネージャーをやってます。そちらのほうは嘘はついてなかった」

白いパイプ椅子のうえでちいさくなっている男に目をやった。ときどき怖いものでも見るように、千晶のほうに目をあげるのが悪印象である。嘘がばれたならばれたで、男らしくすればいいのに。千晶は思わずつっこんでしまう。

「最後はあなたですよね。キリコさん」

男はますますちいさくなった。ショルダーバッグにそれほど大切なものがはいっているのだろうか。しっかりとバッグを抱いていう。

「ぼくはよろこびデザインでホームページ制作をしている大久保秀紀です」

その会社は伸び盛りのＩＴ企業だと、経済新聞で読んだ覚えがあった。沙織がいう。

「大久保くんは今日はぼろぼろだけど、仕事はなかなか優秀なんだ。ネットビジネスという雑誌のホームページ・グランプリを去年もらったんです」

「あー、その雑誌うちの出版社からでてるやつだ。あそこの賞なら、割と権威があるでしょう。すごいんだね、大久保くん」

代役のふたりだけで会話がはずんでいた。千晶はだんだんと自分に腹が立ってきた。

今回の件はすべてキリコとアキヒトのメッセージから始まっているはずだ。それなのにファイルを読んだにすぎない第三者ばかり、このテーブルではおおきな顔をしている。

あらためて考えてみればネットのなかで性を偽ったことが、それほど問題だったのだろうか。すくなくとも自分も秀紀も誰かをだまそうという悪意をもって、あのSNSに登録したわけではない。メッセージ交換が続いたのも、おたがいに話があったからで、なんらかの見返りを求めたことはなかったはずだ。

秀紀はうわ目づかいで千晶を見て頭をさげた。

「ごめんなさい。だます気なんてなかったけど、一時期アキヒトさんからのメールがぼくの生きがいで、やめなくちゃと思ってもやめられなかったんです。女の振りをして、女の子に近づくネットおかまがけっこういるけど、ぼくはそういうのじゃなくて……」

ほんもののキリコの声はしだいにちいさくなった。そんなふうにいいわけばかりされたら、自分のしていたことも悪いことだったように思えてきて、千晶は気がめいってしまった。男なら男らしく、すっぱりとあやまったら、笑ってごまかせばいいのである。

千晶の声は自分でだそうと思っていたよりも、ずっと強くなってしまった。

「わたしも男の振りをしていたんだから、頭をさげてもらう必要なんてないです。大久保さんは、さっきからあやまってばかりですよね」

千晶は徹夜で交換した数々のメッセージを思いだした。何度も涙ぐんだことがあったし、感動したこともあった。無関係の靖弘でさえ心を動かされていたのだ。それなのに、この人は他人にいえない悪いおふざけのように、わたしたちの大切なメッセージをあつかっている。そう思ったら、千晶の目に涙がにじんだ。

「今日はおたがいに混乱してるし、わたしはこれで失礼させてもらいます。福田さんはそちらのかたと話があるだろうから、お好きにどうぞ」

千晶は千円札を一枚カップのしたに押しこんで席を立った。ウッドデッキのテラスを早足で歩いていく。理不尽な怒りと悲しみが胸のなかで荒れ狂っていた。店をでるときに思ったのはただひとつである。

自分の涙は、あの大久保秀紀という男性に見られなかっただろうか。

♠

（ネットおかま）

比呂が自分の正体をばらしてから、秀紀の頭のなかにあるのはそのひと言だった。興味半分に女性の振りをして、誰かの心の一番深いところまで踏みこんでしまった。どれほど相手に怒られ、責められてもしかたないと覚悟を決めたのである。

だが、自己紹介を終えたばかりでカフェをでていった千晶の行動は予想外だった。自分の見間違いかもしれないが、うっすらと目に涙がたまっていたようにも見えたのである。アキヒト、いや丹野千晶は自分が男性であることにそれほどひどく傷ついてしまったのだろうか。明るい海辺のカフェに座る秀紀の気分は最悪だった。沙織があっさりといった。

「なんか面倒なことになったみたいね」

福田靖弘という編集者も調子よくうなずいている。当事者以外は気楽なものだった。

「ほんとに困ったな。あのさ、大久保くん、ぼくはキリコとアキヒトの往復メッセージを読んで、すごく感動したんだ。最近ネット発の本がベストセラーになることが多いけど、そういう流行とは別に、あのファイルを本にして世のなかに送りだしたいと思っている。いる。もう企画書を書いているくらいなんだ」

自分が女性言葉で女の振りをして書いた文章を本にする！秀紀の背中全面に鳥肌が立った。恥ずかしさのあまり悲鳴をあげそうになる。

「それはお願いだから、勘弁してください。あれを書いたのがぼくだって、みんなにしられたら、生きていけなくなる」

沙織が秀紀の肩をたたいた。険しい目をしている。

「なにいってるの。大久保くんが仕事で書いてる文章よりも、あのメッセージのほうがぜんぜんいいよ。さっきからうじうじしてばかりで、ちっとも普段のいいところがでてないじゃない。そんなふうだから、千晶さんが怒って帰っちゃうんだよ」

秀紀は反射的に軽く頭をさげていた。

「ごめん。そんなつもりはなかったんだけど」

「そうやって、卑屈になってごまかすのがよくないっていってるの。気がついていたの、大久保くん。千晶さん、泣いてたよ。泣かせたのは、あなたなんだからね」

そういわれて、秀紀も泣きたくなった。けれども涙は一滴もでてこない。心はしびれたように動きをとめていた。なにも感じないし、なにも考えることができない。ふらふらとショルダーバッグをもって立ちあがると、秀紀は陽光のふりそそぐカフェをでていった。

♥

千晶は目的地も決めずに歩いていた。

こんなに気もちのいい春の午後、ひとりきりの部屋にもどるのは気がすすまなかった。あの部屋にはキリコ、いや大久保秀紀という男性とメッセージのやりとりをしたノートパソコンがある。今一番見たくないものが、あのパソコンだった。ひとりで部屋にこもるのも耐えがたい。

ゆりかもめにのりこみ、新橋をめざした。周囲ではたくさんのカップルが、妙にたのしげにはしゃいでいた。千晶は自分に今度恋人ができたら、絶対に人まえでいちゃいちゃするまいと固く決心した。ドアにふたりで張りついて、キスをしている。ああいうのは人として恥ずべき行為ではないのだろうか。まだ子どものくせに。

終点の新橋で電車をおりて、ゆくあてもなく歩き始めた。まだ夕方までは間がある。やけ酒をのむには明るすぎる時間だった。新橋と銀座を結ぶ中央通りをゆっくりと流していく。銀座は大人の街だ。ここにくる人は普段よりすこしだけ澄まして、すこしだけ姿勢よく、きちんとおしゃれして歩いている。街全体がステージのようだった。通りの両側にガラスの渓谷のように続くウインドウには、世界中から美しく優雅な商品が集められていた。

（そうだ、この先のデパートにあるシチズン・オブ・フリーダムの店をのぞいてみよう）

考えてみると、このところプライベートにばかりかまけて、本業のブランドマネージメントはひと休みの状態だった。それでも千晶の抱えるブランドの数字がいいのは、ブランド自体に力があるためだ。

とくにシチズン・オブ・フリーダムは絶好調だった。時代は再びバブル期に似て、高価なものが売れ筋になっている。このブランドはジーンズとしてはハイエンドの価格帯だった。しかもただ高いだけでなく、環境負荷や途上国の労働者についてまで周到に考えられている。

（きっと、今日のことはきちんと仕事にむきあわなかった罰だ。こんなにいいブランドをまかされたというのに）

千晶は頭の回転だけでなく、気分の切り替えもひどく速かった。泣ける映画を友人といっしょに観にいっても、悲しい場面に近づくと誰よりも早く泣き、観客の多くがハンカチをつかい始めるころには、ひとりで笑っているほどである。

あたたかな日ざしの跳ねる銀座の歩道で、思わずひとり言を漏らしてしまう。

「よし、忘れるぞ。仕事、がんばろう」

とおりすぎていく若い恋人たちがおかしな顔をして、千晶を見つめていた。自分では声をだしたことさえ気づいていなかった。こぶしをにぎって考えた。キリコのことは、今日でさっぱり忘れよう。あのＳＮＳにももうアクセスしないようにする。まして大久保秀紀なんて、うじうじした湿っぽい男など論外だ。来週から自分は仕事に生きるのだ。明るい土曜の午後だった。せっかく銀座にきたのだから、シチズン・オブ・フリーダムをあつかっている店をはしごして、販売員に挨拶していこう。なにか販促のいいアイディアが生まれるかもしれない。

「そうだ」

うっかりしていた。今度ジャン・リュック・デュフォールがお忍びで来日するのだ。あまり派手なパーティーはやめてくれといわれているが、うちうちのちいさな会ならいいかもしれない。将来のことを考えると、メディアやバイヤーにも紹介しておきたいところである。

千晶は胸の奥の痛みを無視して、デザイナーの歓迎会について考え始めた。

♠

秀紀はひとりきりになりたかった。

さいわい埋立地には、テレビ局やショッピングプラザの周辺以外には、ほとんど人は歩いていない。汗ばむような春風のなか、秀紀はひたすら早足で歩き続けた。考えてみれば、お台場のある港区と深川の江東区は隣同士である。直線距離にしたら、せいぜい五〜六キロほどしか離れていないだろう。今日はもう誰かと電車に揺られるのは嫌だった。このまま歩いて帰ってしまおう。

丹野千晶という女性のことを考えた。ネットのなかのメッセージ交換では、あれほど気もちがぴたりとフィットしていたのに、なぜあんなふうに一瞬で壊れてしまったのだろうか。彼女がはいていたシチズン・オブ・フリーダムのジーンズを思いだした。背が高くスリムなので、足がきれいだった。あのブランドのジーンズにぴったりだ。自分はネットで女性の振りをした。彼女は男性の振りをした。考えれば、ほぼ同罪なのだが、どうして自分だけこれほど罪悪感をもつのだろうか。それがまた不思議だった。アキヒトは同性だと思っていたのだから、そこには性的な欲望のはいる余地はなかったはずだ。だが、いったん自分が男性であることがばれてしまえば、悪いのはすべて男だという気もちを打ち消すことはできない。

こんなとき実物の丹野千晶ではなく、ネットのアキヒトなら、どんなこたえを送ってくれるのだろうか。ぼんやりした春の空を見ながらそう思い、秀紀ははっと気づいた。もうアキヒトにメッセージを送ることはないのだ。オフラインのミーティングなど計画しなければよかった。おたがいにズルをして代役を立てた結果、すべてを失ってしまった。あのままネットのなかの友人として、ずっと自分を抑えてつきあっていればよかったのである。

もう真夜中に仕事から帰って、わくわくしながらアキヒトのメッセージを読むことはできないのだ。明けがたに胸を熱くして、返事を書くこともないのだ。そう思ったら、涙がでてきた。電車にのっていなくてよかった。秀紀はにじんだ涙をぬぐいながら、自動車だけが勢いよく駆けていく海辺の道をとぼとぼと歩いた。

ジーンズのポケットで携帯電話が鳴りだしたのは、国際展示場をすぎたあたりだった。

相手によっては話したくなかった。液晶の小窓を見ると沙織からである。でないわけにはいかないだろう。うんざりしながら、フラップを開いた。

「なあに、こっちはうちに帰る途中だけど」

沙織がきっぱりといった。

「大久保くんは、千晶さんをあのままにしていいの」

どういう意味だろうか。もうすべて終わったことではないのか。

「彼女は泣きながら帰ったんだよ。どうしようもないじゃないか」

「そんなふうにあっさりあきらめるから、女の子とうまくいかないんだよ」

秀紀は電話をたたき切りそうになった。

「余計なお世話だろ。そっちはあの編集者とうまくやっていればいいよ。こっちのことは放っておいてくれ」

そういったとたんに通話相手が変わった。今度は男の声である。

「福田です。丹野さんのことだけど、彼女もキリコに会えるのをすごくたのしみにしていたんだ。こんなに気があう人はいない。生涯の友人になれるかもしれないって。片桐さんからきいたんだけど、大久保くんは一時期自分がゲイなんじゃないかって、真剣に悩んでいたんだよね」

「まあね」

確かにそんなこともあった。今となっては笑い話だが。丹野千晶の元ボーイフレンドは勇気づけるようにいった。

「だったら、簡単にあきらめないほうがいい。きちんと話をすれば、大久保くんのいいところを、丹野さんもきっと再確認する。一度はつうじあった心なんだから、きっとうまくいくさ。今、片桐さんとも話しあったんだけど、ぼくたちも全面的にバックアップするから、今度はキリコではなく、大久保秀紀として、彼女にアタックしてみないか」

がさがさと布のこすれる音がした。

「わたし、沙織。福田さんのいうとおりだと思う。あきらめるのは、もう一度がんばってからでいいじゃない。大久保くんは、いや、キリコはアキヒトを人間として、素晴らしいと思っていたんでしょう。丹野さんだって、同じはずだよ。だったら、恋人でも友人でもいいから、ラインをきちんとつなげ直そうよ」

ほんとうにそんなことが可能なのだろうか。秀紀は有刺鉄線のむこうに広がる空き地を見つめた。名前もしらない雑草の黄色い花が、さよならの手を振るように揺れている。

「ありがとう。福田さんにもお礼をいっておいてくれ。ぼくはもうすこし考えてみる」

秀紀は通話を切ると、むかい風のなか、背を丸め誰もいない道を歩きだした。

♥

月曜日から千晶はフルスピードで働き始めた。

海外にあるブランド事務所との連絡、雑誌広告やタイアップページの企画とチェック、販売の地域ごとの偏差と売れ筋の再確認。ブランド自体が時代の波にのり、うまく成長しているときは、放っておいても成績はあがるのだが、マネージメントをしっかりやろうと思えば、仕事はいくらでも湧いてくるのだった。

大量の資料を机のうえに積まれた真貴子が、悲鳴のような声をあげた。

「これ、全部明日までにレジメをつくるんですか」

「そう」

千晶の言葉には容赦がない。

「キリコさんと別れてから、千晶先輩は別人みたいです」

真貴子がべそをかいていうと、千晶はきっと部下をにらみつけた。

「マッキー、その名前、今度からわたしのまえではださないでくれる？　あんなことがあったあとで平気でいられるほど、わたしは強くないんだよね」

口のなかでぶつぶつと真貴子がつぶやいた。

「先輩、ぜんぜん強そうに見えるけど……」

「文句なんかいってないで、さっさと仕事する！」

千晶はパソコンにむかった。マウスを操作して、自分の抱える四本のブランドの営業成績を呼びだした。新規で加わったシチズン・オブ・フリーダムは順調に伸びている。残る三本も悪くはないが、じりじりと数字をさげていた。そろそろ新しいテコいれが必要なのかもしれない。

ぼんやりと液晶ディスプレイを眺め、千晶は考えていた。この数カ月間、自分の生活のなかでもっともたのしい時間は、ひとり部屋でパソコンにむかうときだった。キリコとのメッセージのやりとりが、なによりも充実していたのである。やはり女性なのだろうか。仕事がいくらうまく運んでいても、プライベートが不調ではとても幸福とはいえなかった。

土曜日の午後にカフェで別れてから、キリコいや大久保秀紀からメールはなかった。SNSにも近づかなかったし、メールボックスを開くこともしなかった。それでもあんなことがあったあとで、丸一日以上なんの連絡もないのが不思議だった。謝罪の言葉があらためてあっても、おかしくないのではないだろうか。秀紀のほうからひと言頭をさげてくれれば、千晶もあっさりと謝るつもりだった。自分だってアキヒトという名で、男役をたのしんでいたのである。

真貴子が過去半年分の店別売上をチェックしながらいった。

「そうだ、今度のジャン・リュックの来日パーティー、どうします？」

「小規模なうちうちの会でいいと思う。ジャンは派手なことが嫌いみたいだから。あのデザイナーは菜食主義で、有機農法の野菜に目がないらしい。それにアメリカ人だから、和食のほうがよろこぶかな」

メモをとりながら真貴子はいった。

「少人数ってどれくらいですか」

「四、五十人かな。成績のいい販売員やバイヤー、マスコミの何人かには声をかけておきたいから」

「じゃあ、無理してお金を包んで、芸能人とか呼ばなくていいですね」

千晶はこれまで自分で足を運んだ雰囲気のいい日本料理店を、頭のなかでサーチしてみた。高級感とお忍びの雰囲気があって、有機野菜のメニューが豊富なところ。

「あそこ、どうかな。七つ星、西麻布の」

「どこでしたっけ」

千晶はデスクの引きだしからショップカードの束を抜いた。こうした仕事をしていると、つかえる店をたくさん用意しておかなければならない。

「ほら、コンクリートの塀に藍ののれんがかかっていて、なかはすごくモダンな打ち放しの店。店の外には電球を仕こんだ香炉がひとつ」

「あー、覚えてます。締めに地鶏の卵かけごはんがでてきたところ」

千晶は思わず笑ってしまった。真貴子は建物のデザインやインテリアよりも、たべたもので店を覚えていたのだ。自分とは正反対である。千晶はすぐに予約と下見の電話を店にいれた。

♠

秀紀は日曜日をベッドのなかですごした。

天気はよかったけれど、外出どころか、起きだす気にもなれなかったのである。食事のときだけ、はうように自分の部屋をでて、またはうようにもどった。そのあいだ、ぼんやりと開け放した窓から春の空を眺めていた。空の果てにやわらかな形の雲があらわれ、それが風に流されて視界から消えていくまで、ずっと追いかけたりする。

ベッドの枕元には、アキヒトとのすべてのメッセージをプリントアウトした束がおいてあった。秀紀は一枚一枚めくりながら、何度も繰り返し文章を読んだ。もう続きを書くことはできないのかもしれない。それでもファイルを読むのをやめられなかったのである。

ときに微笑み、ときに涙ぐんで、秀紀はアキヒトのメッセージに目をとおした。恥ずかしさのあまり声がでてしまうことも、切なくてじっとしていられずにベッドで跳ね起きることもあった。

実際にアキヒトいや丹野千晶に、ひと言お詫びのメッセージを送りたくなって、パソコンにむかったこともその日何度かあった。だが、あきらめの悪い男として、徹底的に嫌われてしまうのを恐れ、秀紀は一文字もキーボードを打つことはできなかった。

それに相手が女性だとわかったとたんに、てのひらを返したように口説き始めるなんて、はいて捨てるほどいるネットナンパ師とまるで変わらないではないか。秀紀は薄掛けを抱き締めて悶々としながら、苦しい日曜日をすごしていた。

ノックの音がしたのは夕方である。顔をのぞかせたのは、妹の香澄だった。

「どうしたの、明かりもつけないで。風邪でも引いたの、まだパジャマじゃない」

ネットおかまを演じていて、相手に手ひどく振られたとは口が裂けてもいえなかった。

「仕事で疲れてるんだ。ほっといてくれ」

香澄はずんずん部屋にはいってくると、ベッドの足元に座った。

「そうはいかないよ。美里はどうやら本気みたいだもん。あの子、おにいちゃんのこと好きみたいなんだよね」

本来ならとてもよろこばしいことなのだろうが、秀紀にまったく感激はなかった。

「そうなんだ。ありがとう」

「なによ、それ。もてる男の振りでもしてるの。美里はかわいいし、うちの大学じゃもてもてなんだよ。九歳もしたの美少女にほれられるなんて、おにいちゃんの一生でもう絶対にないんだから、大切にしないとバチがあたるよ」

バチならもうあたっているといいそうになった。秀紀は起きあがって、香澄の顔を見た。

「ほんとにそうかもしれないな。ありがとうといっておいてくれ」

香澄が驚いたようにいった。

「どうしたの、おにいちゃん、泣いてるの」

秀紀はこたえず、またベッドに横になり、薄い布団を抱き締めた。

「失恋しちゃったのかな……まあ、いいや。美里はシューカツとは別に、今度またおにいちゃんと会いたいんだって。お食事でもどうですかだってさ。そっちのほうから、きちんと連絡とってあげてね」

壁をむいたまま秀紀はいった。

「わかった。そうする」

香澄はベッドの足元から立ちあがり、ドアにむかった。ノブに手をかけて、振りむくといった。

「誰に振られちゃったのかわからないけど、失恋を忘れる一番いい方法はやっぱり新しい恋だよ。おにいちゃん、ガンバレ」

秀紀は背中でそっとドアの閉まる音をきいた。

♥

翌日、千晶は真貴子といっしょにパーティー会場の下見にでかけた。西麻布の日本料理店、七つ星である。店は地下一階、地上二階のコンクリート打ち放しのモダンな建物だった。地下から続く吹き抜けは、高さ十数メートルはあるだろうか。そこにおおきな白い提灯《ちょうちん》がいくつもさがっていた。

「和風のシャンデリアだね。こういうのはジャン・リュックに受けるかもしれない」

千晶はデザイナーというより、研究者のような顔をしたジャン・リュック・デュフォールの顔を思いだした。よく日焼けした顔は、優しげなしわで埋まっていた。にぎり締めたてのひらはあたたかく、外国人特有の厚みがあった。

ひととおり店内を見学してから、食事の時間になった。焼きたけのこ、鮑《あわび》の殻焼き、スズキとヒラメとタイ三種の白身の刺身の透きとおるような盛りあわせ。椀ものは白魚のしんじょで、肉は松阪牛のヒレ肉の塩焼きだった。真貴子はすべての料理をもりもりと平らげていく。

「締めはやっぱり地鶏の卵かけごはんですよね」

千晶はどの皿もすこしずつ残してしまった。あきれたようにいう。

「マッキーの食欲はすごいね。ほれぼれしちゃう」

真貴子は届いた卵をこつんとおおきな音を立てて割った。そのまま炊き立てごはんのうえに、中身を落としてしまう。しょう油をすこしだけかけた。

「わたしはあまり混ぜないほうが、いろいろな味がたのしめて好きなんです。そういう千晶先輩だって、キリコさんとあんなふうになるまえは、いつもわたしと同じものをたべてましたよ」

あの日から三日たっていた。自分の体重が落ちているのが、パンツのウエストではっきりとわかった。別にやせたくもないのだが、食欲がなくなったので、自然に減量しているのだ。真貴子はなぜか先ほどから、ちらちらと腕時計を確かめていた。

「どうしたの、なにか見たいドラマでもあるの、今夜」

卵ごはんをかきこんで、真貴子はにっと笑った。

「そんなんじゃないですよ。この店で待ちあわせをしてるんです」

「誰と」

千晶の顔色をうかがうように真貴子がうわ目づかいで探ってきた。

「福田さんと片桐さん」

「あのね……」

千晶は言葉をなくしてしまった。片桐といえば、大久保秀紀の代役でキリコを演じたあの女性だった。

「わたしになんの用があるの」

こたえようとした真貴子の目が、店の入口にむかった。手を振って、声をあげる。

「福田さん、沙織さん、こっちこっち」

ふたりが暗いテーブル席を縫ってきた。なにか自分たちだけにつうじる冗談を交わしているようだった。女の勘でわかった。このふたりはおたがいに好意以上のものを抱いている。

「よう、お待たせ。マッキー、話しておいてくれたかな」

靖弘が勝手にテーブルに座った。真貴子は肩をすくめて返事をしなかった。

「こんばんは、丹野さん。突然乱入してしまって、ごめんなさい」

沙織の声は低く、耳に心地よかった。ほんとうにこの人がキリコだったらよかったのに。靖弘が陽気にいった。

「実は例の出版計画、うえのほうから正式なゴーサインがでたんだ」

「なに、それ」

元ボーイフレンドはまったく悪びれる様子がなかった。

「だから、アキヒトとキリコの往復メッセージだよ。うちの出版社で、ぜひあれを本にさせてもらいたい。お願いします、絶対にいい本になるし、売れるから」

千晶は断固としていった。

「絶対いや」

「だから、そこんとこをなんとかさ。おれだってアキヒトの代役をやったじゃないか」

「それでも、絶対いや」

テーブルに額がふれるほど頭をさげた靖弘を、沙織が手でさえぎった。

「でもね、丹野さん、大久保くんもあれからずっと反省していて、食事ものどをとおらないみたいなの。丹野さんと同じだった。三日間で頬の線なんてげっそり削げてしまって」

真貴子が横から口をはさんだ。

「うらやましいです、千晶先輩」

「うるさい、マッキーは黙っていてくれ。沙織さん、続けて」

靖弘がそういって、沙織にうなずきかけた。沙織の低い声は千晶の気もちを心地よくマッサージするようだった。いつまでもきいていたくなる。

「わたし、恋愛ってこの星のうえにいる無数の相手のなかから、魂の双子を探しだすよるよ。条件も好みも無数にある。でも、なにより大切なのは、やっぱり魂の形だよね」

　沙織はちらりと視線を靖弘に流した。うなずきあう表情で、ふたりがもうつきあっているのが千晶にはわかった。

「わたしも福田さんも、あのメッセージ交換にはとても感動した。それはふたりがおたがいを思いあう気もちが素敵だったし、やっぱり魂の形がよく似た人間同士のフィット感があったからだと思う。わたしはお世辞でも、冗談でもなく、何度もあのファイルを読んで泣いてしまった。だから、キリコの代役を自分から引き受けた」

　靖弘はじっと沙織を見つめたままいった。

「おれも、同じだよ」

「わたしもあれ読んで泣いちゃいました」

　そういったのは真貴子である。沙織は微笑んでうなずいた。

「一生のうちに、わたしたちは何人の人と出会えるのかな。そのなかで同じ魂のもち主と何度心をふれあわせられるんだろう。みんな口ではおおきなことをいってるけど、実際にはそんな機会は一生で二回か三回しかないと思うんだ」

　千晶はこれまでの恋を思いだした。あれはすべてほんものの恋だったのだろうか。自分は三十年近く生きていても、まだ誰にも出会っていないのではないか。恋愛をしていると錯覚したまま、砂漠を旅するような時間を生きてきたのではないか。千晶が迷っていると、沙織はいきなり頭をさげた。

「お願いします。だから、キリコにもう一度チャンスをあげて。大久保くんには話をしてあります。今夜、彼はパソコンのまえで待っているの。千晶さんがイエスといってくれたら、またメッセージを送るように連絡するから」

真貴子と靖弘も両手をあわせた。

「お願いだ」

「千晶先輩、お願い」

おしゃれな西麻布の日本料理店で、三人はわがままな子どものようだ。こんなふうに自分のことを心配してくれるのが不思議だった。それがなんだかうれしくて、千晶はすこしだけ涙がでた。

「わかった。帰ったら、メールボックス開いてみる」

「きゃー、やった。千晶先輩、いやアキヒトさん、またキリコさんとお話ができるんですよ」

三人の熱意に押されてうなずいてしまったが、千晶の胸のなかは複雑だった。一度化けの皮がはがれてしまった以上、昔のように純粋に相手を思う気もちが復活するだろうか。魂の双子というのは美しい言葉である。だが、それがあの気の弱そうな冴えない男とは心外だった。考えるほど、キリコとの未来などありえないような気がしてきた。

人の気もしらずに靖弘がはしゃいでいた。ウエイターを呼びとめるといった。

「グラスのシャンパンを四つください」

もうなにを考えるのも面倒だった。家に帰るまでにうんと酔っ払ってやれ。千晶は腰をすえて、のむことにした。

♠

秀紀が沙織からメールをもらったのは、夜十時近くだった。メッセージ交換を再開するOKをアキヒト＝丹野千晶から得たというのである。そのメールを読んだとき、秀紀はひどくうれしかった。だが、それからが地獄の時間になった。パジャマ姿で九十分間、秀紀はパソコンのまえに座っていたのだ。心のなかはあせりでいっぱいだった。

（すぐに書かなくちゃ……今、メッセージを送らなきゃ）

そう考えるほど、キーボードのうえにのせた手が石のように硬直していった。一文字の入力どころか、キーにふれることもできなかった。なにを書いたらいいのか、まるでわからない。時間をあけてしまえば、メールを送るのはさらに気まずく、困難になるだろう。この夜しかチャンスはないのに、早くも時計は真夜中に近づこうとしている。秀紀のパジャマの背中は汗でびっしょりだった。これほどの緊張は、キリコとしてメッセージを書いていたときには経験のないことだった。

(おれはいったいどうしちまったんだ)

頭をかきむしってもなにもでてこない。心のなかが空っぽになったようだった。秀紀はウインドウが開いたままのモニタを放心したように眺めていた。輝く白い砂漠のようである。このままディスプレイに迷いこんで、乾き死んでしまいそうだ。

自分はいったいなにがしたいのだろう。アキヒト=千晶になにを伝えたいのだろう。最初にアキヒトに送ったメールはなんだったっけ。つぎの十五分、秀紀は汗だくになり頭をしぼった。浮かんできたのは、まったく頼りにならない考えだった。

(あのころ自分は、結局なにも望んではいなかった)

相手からの反応がおもしろくて、思いついたことを投げかけていただけなのだ。秀紀はアキヒトと会うつもりもなかったし、恋愛関係も望んでいなかった。深い意味も欲望もなかったのである。ただのメッセージ交換だけで十分たのしかった。それがどんどん積み重なり、いつのまにかおたがいに好意に似たものを抱くようになったのだ。

(また初めのころにもどりたい)

自分の正体がばれてしまったからには、完全に元のようになるのはむずかしいかもしれない。だが秀紀の望みは、またキリコとしてアキヒトになんでも話せるようになることだけだった。そう考えると、ひと息で気が楽になった。真夜中のすこしまえ、キーを打つ音が一連のメロディのように流れだす。


アキヒトさん、キリコです。

わたしはキリコではないし、アキヒトがアキヒトでないことは、おたがいにわかってしまいましたね。

長いあいだ女性の振りをして、アキヒトをだましていたこと、すみませんでした。謝ります。

でも、わたしはアキヒトを利用しようとも、欲望の道具（なんて硬い言葉！）にしようとも思わなかった。ただアキヒトという素敵な人とメッセージを交換できるだけで、十分に報われていたのです。

もう直接会うことがかなわなくてもいいです。

ねじれた関係だけど、ネットのなかで見つけた大切な人を失いたくない。

わたしはキリコとして、あなたはアキヒトとして、もう一度昔のようにネットのなかで話をさせてもらえませんか。

無理だというのなら、アドレスを捨てて二度とメッセージを送らないようにします。

この何年間かで、わたしの心に一番近づいたのは、
男女関係なくアキヒトさん、あなたでした。
お返事を待っています。
キリコ

書きながら涙がにじんだ。送信するまえにもう一度読み直して、秀紀は涙を落としていた。これでダメならもうあきらめよう。きっとアキヒト＝千晶は自分と縁のない人だったのだ。壁の時計は深夜十二時ちょうどだった。

秀紀は祈るような気もちでそっと送信をクリックした。

♥

千晶はいらいらしながら待っていた。

沙織が目のまえでキリコ＝大久保秀紀にメールを打ったのは西麻布の店である。まだ夜の十時にもならないころだった。タクシーで自宅にもどったのが一時間後。すでに化粧を落とし、シャワーもすませている。もうとっくにメッセージが届いているだろうと思って、メールボックスを開いたのに、きていたのは新作映画の試写会をしらせるフリーメールだけだった、なにがカップル三百組ご招待だ。ラブストーリーなんて、観たく

もない。

やっぱりキリコと自分はうまくいくはずなんてないのだ。だいたいあの人はもっさりしていて、反応が鈍そうだった。ネットのなかのキリコと実物は大違いである。そう思って、パソコンの電源を落とそうとしたとき、メールの着信音が響いた。

千晶は突然目のまえにあらわれたメッセージを一行ずつていねいに読んでいった。しだいに引きこまれていく。あらためて、考え直した。キリコとのメッセージ交換は誰に強制されたわけでもなく、ただたのしいから自分からすすんでおこなったことだった。ネットのなかにはリアルな世界とは異なった人間関係がある。

失敗したのは、オフラインの代理デートなどという現実的な手段を選んでしまったことだろう。ネットのなかはネットのなかで完結させておけばよかったのだ。なにも実際に顔を見てみたいなどと思うことはなかった。現実の人間たちなど、たいていはおもしろくもない生きものだ。

キリコ＝秀紀のメールの終わり近くの一文に、千晶の目がとまった。男女をとわず、この数年間で自分の心に一番近づいた相手を考えてみる。千晶もキリコと同じだった。友人たちの顔をいくらあげてみても、それでは納得できなかった。最終的には空想でつくりあげたキリコの顔になってしまうのだ。誰よりも深く千晶の内心をしっているのはキリコだった。ならば、相手がキリコでも秀紀でもいいではないか。ネットのなかでまた男役にもどれる。アキヒトを復活させられる。そう思うだけで、胸が躍った。
千晶は読み終えると、すぐにキーボードをたたいた。

勇気のあるメッセージ、ありがとう。
キリコさんはネットのなかでは、やっぱりキリコさんだね。
ぼくもまたアキヒトとして、あなたと話せるのが
たのしみでなりません。だけど、こういう関係を
リアルな世界（世のなか！）の人たちはなんていうのかな。
ぼくたちにとっては、ぜんぜん不思議ではないけれど、
彼らにはアブノーマルなのかもしれないね。
ぼくはリアルな世界では女性だけど、ネットでは男性。
キリコさんはリアルでは男性で、ここでは女性。
でも、ほんとうの性別なんて、ぼくたちのあいだでは
関係ないのかもしれない。
これからは気軽にメッセージを送ってください。
ぼくにとっても、この何年かでキリコさんが一番近しい人でした。

千晶は不思議だった。数日間、仕事は一生懸命にやっていた。だが、それだけでは今ひとつ精神的な充足感は得られなかった。それがキリコとの関係回復を告げるメールを送ったとたんに、いきなり心のなかでなにかが爆発するようによろこびがはじけたのである。自分を冷たく突き放していたからわからなかったのだろう。

千晶はオフラインデートの失敗で、ひどく傷ついていたのだ。大久保秀紀という男性への異常なほどの厳しさは、その傷の痛みをごまかす怒りのせいだったのかもしれない。

♠

その日を境に、秀紀はまたアキヒトとのメッセージ交換に夢中になった。ひと晩に何通もメールのやりとりをしてしまう。アキヒト＝千晶からの返事も昔と変わらず熱心で、さっぱりと男らしいものだった。

秀紀はネットのなかではキリコという名の女性を演じていた。書く文章もやはり女言葉である。だが、リアルな世界の力はすごいものだった。今までは仮想のアキヒトという男性を思い浮かべながら書いていたのに、オフラインでひと目見てしまってから、どうしても千晶の顔がでてくるのだ。

ふたりのあいだでどれほどチャットが盛りあがっても、それは変わらなかった。男性に話しかける女性のつもりで書いていても、気もちの底に男性の自分があらわれてしまう。

(キリコとしてネットのなかだけでつきあえればいい)

そう割り切って、再スタートのメールをアキヒト＝千晶には送ったはずだった。それがしだいに苦しくなってきたのである。しかも変化は急だった。苦しみはどんどんと積もって、ほんの数日のうちにただメールで話すだけではもの足りなくなってきたのだ。できることなら、またアキヒト、いや今度はリアルな丹野千晶に会いたい。

秀紀の気もちの変化は急だった。

翌日、秀紀はよろこびデザインの廊下で沙織をつかまえた。昼休みの直前である。仕事がいそがしいという沙織を、秀紀は無理やりカフェに連れていった。アイスラテのグラスを押しつけるといった。

「ぼくのおごりだから」

沙織は口をとがらせて、ラテをのんだ。

「あたりまえでしょ。なによ、いったい。千晶さんとはうまくいったんじゃなかったの」

秀紀はメッセージ交換再開後の気もちの変化を、すべて沙織に話した。ほかには誰も相談相手がいなかったのである。
「そういうことだったのかあ」
沙織は腕組みをしてきいていた。深刻な表情が、なにかいたずらを思いついたように
ぱっと輝いた。
「じゃあ、大久保くんはリアルな千晶さんも気にいったんだね、ちゃんと女性としてさ。
ネットのなかのアキヒトは男性として信頼できるんでしょう。だったら、男とか女とか
いう性別を超えて理想のカップルになれるかもしれない」
秀紀はそんなふうに考えたことは一度もなかった。なにせ、ネットおかまとネットお
なべとして出会ったのだ。
「なにいってるんだよ、千晶さんがリアルなぼくのことを好きになるはずないだろ」
沙織はまたアイスラテをのんだ。窓のむこうのビルでは、せっせと働く会社員の姿が
砂粒のように見える。
「どうして、そうやって卑屈になるのかな。ちょっとは自信をもちなさいよ。これは確
認なんだけど、大久保くんは千晶さんのことがリアルに好きなんだよね」
ネットでは無数にやりとりをしたが、実際に会ったのは一回だけである。それでも自
分は丹野千晶が好きなのだろうか。お台場のカフェで風に揺れていた千晶の前髪を思い
だした。賢そうな瞳に、タイトなジーンズが似あう脚、胸はよく見ていないがあまりな

かった気がする。だが、それがどうしたというのだろうか。なによりも、機転がきき、よくはずむ明るい心があるではないか。思いだすだけで、秀紀の胸のなかがじんわりと熱くなった。これが恋なのだろうか。秀紀はしっかりと沙織にうなずき返した。

「うん。むこうがどう思っているかわからないけど、ぼくは千晶さんが好きみたいだ」

沙織が腕組みを解き、手を伸ばして秀紀の肩をたたいた。

「よくいった、少年。だったら、わたしがなんとかしてあげる」

秀紀の声は悲鳴のようになった。

「沙織、また変なこと計画するのやめてくれよ」

「いいから、こっちにまかせておいて」

そのとき秀紀の携帯電話が鳴った。会社からわたされた業務用の一台である。耳元にあてると女性の声がした。

「こちら受付です。大久保さんに面会のかたがいらしてます」

約束などなかったはずだ。外注スタッフの誰かが、近くまできたついでに挨拶に顔をだしたのだろうか。

「ちょっと来客がある。受付にいってくる。お願いだから、おかしなことはしないでくれよ、沙織」

沙織はにやにや笑って、なにも返事をしなかった。フラダンスのようにやわらかに指先を振るだけだ。秀紀は不吉な思いにかられながら、カフェテリアをでていった。

「すみません、別な会社訪問で近くまできたものですから」

恐縮しているのは、妹の同級生、山下美里である。受付の横にあるパーティションで仕切られた来客コーナーだった。美里はソファを立つと、清潔な紺のリクルートスーツでぺこりと腰を折って頭をさげた。九歳も年したのショートカットの女子大生である。確かにかわいい女の子だった。きらきらとした目で、頰をかすかに赤くして見あげてくる。そのとき、秀紀にはわかった。

(美里さんは香澄からきいているんだ)

秀紀は妹から美里がなぜか自分に好意を寄せているようだとしらされていた。そう伝えたと美里は香澄からいわれたのだろう。妹はいらない気をつかうタイプなので、きっとまんざらでもなさそうだったと余計なひと言を加えたに違いない。もしかすると、週末の様子から秀紀が失恋したと、さらにダメ押しをいれたのかもしれない。

だから、シューカツ中の女子大生がこんなに明るい顔をして、いきなり会社にあらわれたのだろう。秀紀は困ってしまった。自分でも不器用すぎると思ったが、口からでてきた言葉はもどらなかった。

「ごめんね、美里さん。香澄からなにをきいたのかわからないけど、ぼくには今好きな人がいるんだ」

快晴の空に雲がかかったようだった。女子大生の顔が暗く曇っていく。

「あの、その人とおつきあいしてるんですか」

秀紀は笑って首を横に振るしかなかった。

「ううん、ぜんぜん。片思いだし、うまくいきそうな感じはまったくないよ」

肩を落としたまま美里はいった。

「だったら、いつかその人のことをあきらめられたら、教えてください。わたし、いいしらせを待ちますから。失礼します」

頭をさげて美里は来客コーナーからでていった。あの子をひどく傷つけてしまったのだろうか。なぜ、恋愛と人の心というのはこんなにうまくいかないのだろう。秀紀は切ない思いで、リクルートスーツの背中を見送った。

♥

（なんだか、昔みたいに調子がでないなあ）

アキヒトにもどった千晶は、キリコ＝秀紀と何通もメッセージ交換をしているのに首をかしげることが多かった。昔はあれほど気もちがつうじあう感覚があったのに、今ではどこか一枚壁をへだてたようなのだ。

あらためてチャットを再開してみると、大久保秀紀という男性は悪くない人間であるように思えた。ファッション業界は外側だけ新しいが、中身は古く保守的な世界だった。ショップの女性店員は本社の男性社員からは、軽く見られることが多かったのである。だが、秀紀には女性を見くだしたような態度はかけらも見られなかった。逆にていねいすぎて、恐縮してしまうくらいだ。

(でもなにかが足りないんだよね)

そんなふうに感じるのは、自分が秀紀にその足りないなにかを求めているからなのだろうか。千晶は心の半分でキリコとのやりとりをたのしみながら、残り半分で秀紀を男性として意識し始めていた。

ジャン・リュック・デュフォールの歓迎パーティーを週末に控えた平日だった。千晶がいつものようにセブンシップスに出社すると、オフィスの空気が微妙に変わっていた。ブランドマネージメント部の同僚の男性が意味ありげににやついていたり、女子社員はまともに目をあわせずに挨拶したりする。

(なにか社内であったのだろうか)

千晶は自分の仕事は懸命にやるが、社内事情や噂には無関心だった。本業とかかわりのない周囲のことなどどうでもよかったのだ。その手の話に耳が早い真貴子にきいてみようと思ったが、あいにく届けものがあって新宿にある分室にでかけてしまっていた。販促の資料を整理していると、頭上から声がかかった。

「丹野さん、さすがだね」

顔をあげると同じ部の片岡宗治《かたおかそうじ》だった。片岡は同期で、販売成績では千晶とトップを競っていた。この数カ月はシチズン・オブ・フリーダムの成功が寄与して、千晶のほうが上位にいる。何度か目立たない形で嫌味をいわれたり、いじわるをされたので、千晶はこの男のことをあまりよく思ってはいなかった。片岡は仕事の馬力はあるけれど、話してみるとファッションの世界にいる無数の男たちとよく似ていた。見かけはいいのだが、中身が薄く、あまりデリカシーがない。

「さすがって、なにがですか」

千晶は不思議に思って返事をした。片岡はにやにやしながらいった。

「シチズン・オブ・フリーダムを自分のあつかいにしたのもお手柄だけど、丹野さんは上司をつかまえるのがうまいよ」

副社長の広永美奈子のことだろうか。後継者に指名されてから、千晶は業界の公式の席に広永と同席することが多かった。だが、あれは新ブランドとはなんの関係もないし、余計な給与がでるわけでも、販売の成績に影響するわけでもなかった。

「意味がよくわからないんだけど」

片岡はまじめな顔になった。

「そんなにむきになって否定しなくていい。ただこちらからひと言だけいっておこうと思って。これまではライバルだと思って競争してきたけど、今度からはおたがいに協力していこう。うちの会社のために」

千晶はなんの反応もできなかった。

「なにをいってるのか、ほんとにわからないよ」

片岡は片手を振って、にやりとした。

「いいんだ。気にしなくても。最後の武器までつかわれたら、こっちはかなわない。せいぜい力を貸すから、なにか困ったことがあったら、誰よりも先にぼくにいってくれ。今日からは、ぼくは丹野さんの味方だ」

またも意味不明の言葉だった。片岡は白いシャツの背中を見せて、自分の机にもどってしまう。千晶は周囲の社員を見わたした。きき耳を立てていたくせに、誰もが自分の仕事にもどった振りをしている。

そのとき机のうえで千晶の携帯電話が震えだした。

「はい、丹野です」

真貴子の声には真剣さがあふれていた。

「先輩、今すぐ会社をでられますか。いつもの旧山手のオープンカフェで待ってますから」

「だって、仕事中だし……」

「いいからすぐにきてください」

強気の真貴子にいきなりガチャ切りされてしまった。千晶はとりあえずパソコンのデータを再保存すると、財布だけもってオフィスをでた。

「もうみんなひどいんです」

真貴子がハンカチを目にあてていたので、千晶は驚いてしまった。オープンカフェの深緑のテーブルには、エスプレッソがふたつおいてある。

「あのね、マッキー、今日は朝からずっとみんなわけがわからないことをいってくるの。なにが起きてるのか、わたしに正確に教えて」

真貴子は涙で赤くなった目をあげて、千晶をまっすぐに見つめてきた。

「千晶先輩がそんなことをする人じゃないことは、わたしはよくわかってますから。これからいうことは気にしないできいてくださいね」

そんなことをいわれたら、覚悟を固めるしかなかった。千晶は深呼吸して、うなずいた。

「わかった。なにがあっても、とり乱したりしないよ」

「誰が流したのかわからないんですけど、フロア中で噂になっているんです」

千晶は自分の胸に手をあてた。

「わたしのこと？」

真貴子はこくりとうなずく。目をそらしていった。

「はい。千晶先輩と社長のこと」

「社長って、木原さん？」

ジェームズ木原はいつも派手なネクタイとスーツ姿で、雑誌やテレビでファッションチェックをしている名物社長である。だが、見かけにだまされてはいけない。自分でわかったうえでピエロを演じているところがある計算高い人物だ。千晶にはまだうまく部下の言葉がのみこめなかった。真貴子がくやしそうにいった。

「それが、ひどく手のこんだ噂なんです。副社長の広永さんが、後継者として千晶先輩を選んだ。それは社長への影響力を残すためだ。自分の後任の愛人として千晶先輩を社長にさしだしたんだって。だから絶好調のデザイナー・ジーンズも先輩のものになったし、広永さんがいつも先輩を連れて歩いているんだって」

身体のなかで血が凍ったようだった。指先が一瞬で冷たくなったのがわかる。

「わたしが社長の愛人第二号……」

真貴子はあわてて、千晶を抑えようとした。

「根も葉もない噂です。千晶先輩は気にしないで、そのまま……」

気がついたときにはオープンカフェのテーブルで立ちあがっていた。最近これほど腹の底から声をだしたことは記憶になかった。千晶は叫んでいた。

「冗談じゃないわよ」

♠

秀紀は淡々と仕事をこなしていた。ホームページのデザインはむやみに時間がかかるので、パニック的ないそがしさでなくとも、ほぼ毎日終電で帰ることになる。だが、作業のあいだじゅう頭を占めていたのは、千晶＝アキヒトのことだった。

それは単純な恋についての夢想ではなかった。自分たちの性のねじれについての根源的といってもいい思考である。千晶とメッセージ交換をしているあいだ、秀紀には自分が女性の振りをしているほうがリラックスできた。実生活では男性だが、ふたりだけの恋愛関係においては女性的な役割をになう。

そうした形の新しい恋愛は可能なのだろうか。秀紀は昔からある種の男性的な性格が自分には欠けていると感じていた。力強さやたくましさ、勇気や根性、それに決断力や大局的な思考といった旧来の男らしさの条件である。そうしたカッコつきの男性らしさをもつことなく、女性とつきあっていくことは可能なのだろうか。

モニタ上で新しいアイコンやバナーをデザインしながら、秀紀は真剣に考えていた。納得のいく形で続けていける新しい恋愛の形をつくれないだろうか。日本の若い男女がこれほど結婚しないのは、きっとこれまでの恋愛の形がすでに時代にあわなくなってきているからなのだ。男は男らしくとか、女は女らしくなんて、もうリアルではない。

(だったら、自分は新しい形の恋愛のリアルを探そう)

残業に疲れた夜、秀紀はそう決意して、東京の明るい夜景をキャンバスのように広げる窓に目をやった。

♥

社長のジェームズ木原と自分の悪い噂をきいてから、千晶はいっそう仕事に集中することになった。噂は否定することも、元から消去することもできないのだ。わざわざ自分から社長とは無関係だというのは、疑惑を濃くするだけだろう。噂のでどころがどこかわからないので、火の元を消すことも不可能だった。千晶にはじわじわとしみてくる悪意の毒から身を守る方法がなかった。そうなると残されているのは、噂などには負けないという意思を示すために、目のまえの仕事に打ちこむことしかなかったのである。

現在、千晶がとりかかっているのは、シチズン・オブ・フリーダムのジーンズに対する日本の顧客の反応を整理して、英文に翻訳する作業だった。デザイナーのジャン・リュック・デュフォールにこれをわたしておけば、来年度の新ラインに日本側の要望を反映させられるかもしれない。和英辞典を久々に開いて、夢中になって翻訳にとり組んだ。

その日オフィスをでたのは、夜十時すぎだった。

結局午後のあいだ、ひと言も泣き言はいっていない。だが、千晶の心のなかはいまにも雨がふりだしそうな嵐の雲でいっぱいだった。誰かにこの非常事態を話したくてしかたない。けれども、大学時代からの友人には急に連絡をとるのはむずかしかった。社内事情について、あらためてあれこれと話をするのが面倒でもある。頭のなかで仲のいい友人の顔を何人か消して、ようやく思いあたった。そうだ、キリコがいる。キリコならこれまでのメール交換で、社内のことはほぼすべてわかっていた。

千晶は部屋にもどると、上着を脱がずにパソコンにむかった。

急にごめんなさい。
今日は反則だけど、特別にアキヒトでなく、千晶本人でメッセージを書きます。
わたしは今、仕事が好調（シチズンは大成功でした）で、
副社長から指名され、業界団体や有力者とのパイプづくりをしています。
仕事の結果がよすぎたのが、裏目にでたみたい。

社内で嫌な噂が立ってしまいました。社長とできているという、根も葉もない噂です。自分が傷ついているのに、そのことを表現もできない。さらに事態が悪化するのが怖くて、噂を否定することも、打ち消すこともできないのです。

わたしはとても混乱しています。どうしたらいいのか、まったくわかりません。

ネガティブなメッセージはめったに打たない千晶だが、このメールはこうした形で終わるしかなかった。仕事の愚痴をいってなぐさめてもらおうなんて、自分は男みたいだと思った。送信をクリックして、のろのろとバスルームにむかう。

キリコ＝秀紀はこのメッセージを読んで、返事をくれるだろうか。シャワーの栓をひねって鏡にむかい、クレンジングオイルをてのひらにとった。もう化粧を落とすのさえ面倒である。すこしだけ泣いて、すぐに寝てしまいたかった。

♠

秀紀がそのメッセージを読んだのは、到着から三十分後のことだった。めずらしいことに、アキヒトではなく本来の千晶の人称になっている。当然、女性の視点だ。さらにSOSというのもめずらしかった。どちらかといえば、これまでのメッセージ交換では、秀紀が励まされることが多かったのである。

トラブルのせいだろうか、このところネットをしていても、今ひとつしっくりこなかったのに、このメールではオフラインのデートまえの親密なパイプが再びつながった気がした。千晶は必死で自分を求めていてくれる。それがうれしくて、秀紀は入浴をするまえに、キーボードにかじりついた。肩にはななめにショルダーバッグをかけたままである。


わかりました。今回はこちらもキリコではなく、大久保秀紀として書きます。

噂で傷ついたのは当然です。悪意と嫉妬だらけの、嫌な噂ですね。

ぼくはなにもしてあげられないけど、千晶さんの気もちをきいて、じっとそばにいてあげることはできます（ネットのなかだけど）。

負けるなとも、がんばれともいいません。

つらかったら、泣いても怒っても、とり乱してもいいです。

その相手はずっとぼくがします。

まだ起きているようなら、またメールしてください。

なんだか、ぼくたちは千晶さんが男で、ぼくが女みたいだね。
こういう関係が自然な世のなかになるといいのだけれど。

秀紀はもう一度読み直して、祈るような気もちで送信した。
また昔のようにメッセージのやりとりができれば最高である。しかも、今回千晶は秀紀が男性であることを了解しているのだ。秀紀は歯磨きと入浴を、最短時間ですませた。あわせても十分とはかかっていないだろう。バスタオルで髪をふきながら、パソコンを確認した。秀紀は跳びあがるほどうれしかった。ディスプレイにはメッセージ着信のサインが点滅していたのである。

ありがとう、秀紀さん。
いただいたメッセージを読んで、すこし泣いてしまいました。
誰にもいえないことをいえる相手というのは、
すごく大切なんだなあとしみじみ思いました。
明日からも、オフィスのなかの状況は変わらないでしょう。
でも、秀紀さんの文章を読んで、また立ちむかおうという
勇気がでてきました。今夜はどうもありがとう。

わたしは缶ビールを一本空けて、さっさと寝てしまうつもりです。
いつまでも、わたしの味方でいてください。
おやすみなさい、秀紀さんも、いい夢を。

これでよかったのだと、秀紀は思った。このままの形でそっと寄りそって、いつか自然に距離を縮めていければ、それで十分だ。秀紀は千晶のことが好きだったが、急激な展開を望んでいるわけではなかった。

もともと攻撃的な性格ではないし、誰かと熱烈な恋愛をしたこともなかった。秀紀の場合、いつも好意はおだやかに、静かに満ちてくるものだった。千晶への気もちは、秀紀の心のなかでやさしく抑えられている。

台所にいって、自分も缶ビールで祝杯をあげようかと腰を浮かせたところだった。新しいメールが着信した。千晶はおやすみの挨拶をしたはずである。いったい誰だろう。

♥＋♠

日本料理屋はほとんど目につかなかった。
コンクリートの灰色の塀でかこまれ、看板やネオンなどはでていない。西麻布の路上にぽつりと明かりをしこんだ大振りの香炉がひとつおいてあるだけだ。塀の切れ目には洗いざらしの藍ののれんがさがって、一見《いちげん》さんお断りの雰囲気がただよっている。

だが、その金曜日の夜はタクシーやハイヤーがひっきりなしにとまって、盛装した客をおろしていた。誰もがタキシードジャケットやスーツの上着に、同じブランドのジーンズをあわせている。

（いよいよ、シチズン・オブ・フリーダムのお披露目だ）

千晶はこの日のために新しい服と靴をおろしていた。黒いビスチェに黒いジャケットは、濡れたように光るシルクサテンだった。パンプスはエナメルである。もちろんジーンズはシチズン製で、ダメージ加工が控えめになった今シーズンの新作だ。

当日は午後からデザイナーのジャン・リュック・デュフォールと行動をともにしていた。成田空港にむかえにいき、歓迎の挨拶をすませる。ハイヤーは外国人観光客に人気のパークハイアット東京を目指していた。時差や飛行機の疲れを考えて、夜のパーティーまでホテルで休息をとってもらう手はずだったのである。

だが、四十代のデザイナーはタフだった。車のなかで千晶にいった。

「新しい東京が見たい」

数日間しか滞在の予定はない。時間を無駄にしたくないというのだ。成功したデザイナーのつねで、ジャン・リュックは大学教授か哲学者のような風貌なのに、とても精力的である。

首都高速をおりて最初にむかったのは、再開発のすすむ秋葉原だった。アメリカでは子どもたちのあいだでさえこの街は有名だと、デザイナーはいった。ハイヤーをおりると、巨大な電器量販店が建ちならぶ中央通りをそれて、千晶もよくしらない裏秋葉原のほうへ、どんどんはいっていってしまう。

「ジャン・リュック、なにをお探しなんですか」

シチズン・オブ・フリーダムのジーンズに、白いTシャツとプレーンな黒のジャケット。足元はナイキの白いスニーカーだった。軽快な足どりのデザイナーはにこやかに振りむくといった。

「わたしはなにか目的があって、街を歩くような非創造的なことはしないんだ。だいたい商品でも人でも、なにかに出会うためには幸運を必要とする。必ず手にはいるようなものなら、ネットで買えばいい」

中古パソコンの露店や怪しげなソフトショップの呼びこみが立っているような裏秋葉原は、哲学者然としたデザイナーにはまるで似あわなかった。だが、そんなことは気にせずにジャン・リュックはつぎつぎと店の人間に声をかけ、千晶に日本語に訳せといってくる。

最終的にデザイナーが足をとめたのは、ほとんど隠れ家のようなフィギュアショップだった。ちいさな手づくりの看板とアクリルケースに収められた半裸の人形が、地下につうじる階段の横におかれていた。

店内は薄暗かった。床から天井まで細かく仕切られたアクリルの展示ケースが積みあげられている。ゲームやアニメのキャラクターものはまだかわいいほうだった。店の奥にはいっていくと、フィギュア制作者渾身《こんしん》の力作が一番いい場所でスポットライトを浴びている。筋肉の造型が極端に誇張された格闘家。乳房と腰が異常に発達した女剣士。幼い顔に老婆の身体をもつ魔法使い。なかには、男女両方の性をもつ異形のフィギュアもある。どれも手づくりの一点もので、オリジナル作品だそうだ。とても千晶の趣味の範囲に収まるようなかわいいフィギュアではなかった。

遠巻きに立っていると、ジャン・リュックがいった。

「千晶はまだ誰も見たことのない美をあつかう人間ではないのか」

ザ・ビューティ・ノーワン・エヴァー・シーン。翻訳するまえに身体のなかに、その言葉がまっすぐに落ちてきた。

「わたしはジーンズをつくりながら、いつもそのことだけを考えている。まだ誰も見たことがないもの、体験したことがないもの。それをこの世界にもたらすのがデザイナーのよろこびだ」

カウンターのなかでは下唇と鼻に銀のピアスをいれた店員が、ジャン・リュックに笑いかけていた。同じ感性をもつ者同士には言葉の壁など問題ではないのかもしれない。千晶は薄暗いフィギュアショップで考えていた。

自分はこれまで男と女という線引きにこだわりすぎていたのかもしれない。秀紀のことも、月なみな男らしさを基準に厳しくあたっていたのではないだろうか。第一、外見などあまり気にしないタイプだったのに、秀紀にだけは冷たくジャッジをくだしていた気がする。

ジャン・リュックがケースを指さした。両性具有の美しい人が両手を空に広げて立っている。

「見てごらん。この人形は制作者のイメージをそのままつくりあげたものだ。この世にいない人だって、つくりだせる。それがアートの力だよ」

現実の世界を超えるイメージの力。それなら、実際の男女の差だって、イメージと相手への気もちがあれば、のり越えられるのかもしれない。千晶は通訳も忘れて、しばらくショーケースのまえで立ち尽くしていた。

結局、ジャン・リュックはホテルでシャワーを浴びて着替えただけだった。秋葉原でフィギュアを大量に買いこんだあと、六本木の東京ミッドタウンを駆け足でまわったのである。その後は、すぐにハイヤーにのりこみ、日本料理店に出発している。

千晶とデザイナーは、地下のフロアに席をとっていた。一段高くなった特設ステージのうえである。そこに業界関係者やバイヤー、マスコミの人間たちが交代で挨拶や簡単な取材をすませにくる。もうすでに七、八組はこなしたのではないだろうか。そのあいだ決して笑顔を絶やさないジャン・リュックに、千晶は素直に感心していた。それともあれは外国人特有の社交上のスタミナなのだろうか。

この店は地上二階地下一階である。半分は吹き抜けのアトリウムになっていて、地下から見あげるとおおきな提灯のさがった天井まで、軽く十数メートルほどある。千晶はぼんやりと白い和紙の提灯を眺めていた。ちょうど雑誌の取材の合間だった。同僚に通訳をまかせて、ジャン・リュックのそばを離れた。真貴子からメールがはいっていたのだ。

千晶は顔見知りに会釈《えしやく》しながら階段をあがった。こんなふうに一日中笑顔でいたら、ほうれい線が深くなってしまうかもしれない。この年でしわくちゃなんて、ぞっとする話である。店の入口をでて飛び石をわたり、庭の隅にある受付にむかった。真貴子は白いラメいりのジャケットに、シチズンのジーンズだった。

「どう、そっちの調子は」

真貴子は招待客のチェックリストに目を落とした。

「もう八割がたのお客さまが到着しています。なかのほうはどんな感じですか」

千晶は夜の風に吹かれて、息を吹き返す思いだった。日本庭園のちいさな噴水から水音がきこえる。

「まああじゃないかな。それより、なんの用なの」

真貴子は腕時計を気にしていた。

「そろそろ、わたしたちの大切なお客さまがくるんです。千晶先輩のためのサプライズゲストですよ。まだかなあ」

そのとき、男の手がのれんを割った。

「おー、ここだよ。さあ、どうぞ」

ファッション誌の編集者、福田靖弘の声だった。真貴子が黄色い歓声をあげた。

「きゃー、福田さん、それにジョージさんまで」

靖弘を先頭にして、俳優のミツオカ・ジョージと片桐沙織がやってきた。ミツオカ・ジョージは無精ひげの生えた顔を崩して、にこりと恥ずかしそうに笑った。これでは日本中の女性が夢中になるのも無理はない。キュートというのは、このゲイの俳優のためにある言葉かもしれない。

「丹野さん、素敵な店だね。ぼくはジャン・リュック・デュフォールの哲学に賛同しているので、今日はご挨拶にきました。あとで紹介してください」

「もちろんです」

映画で、ミツオカ・ジョージはシチズンのジーンズをはいてくれた。そのモデルは異例のベストセラーになっている。

「さあ、こちらへ、どうぞ」

千晶はミツオカ・ジョージを地下のパーティー会場に案内した。靖弘と沙織はなかよく腕を組んで、あとをついてくる。特設ステージのうえに若い俳優がのぼると、フラッシュが店内を埋めつくすようだった。千晶は日本で人気のある優秀な若手俳優で、あなたのファンであるとジャン・リュックの耳元でいった。それまで誰を紹介されても座ったままだったデザイナーが、ミツオカ・ジョージを見て即座に立ちあがった。目の輝きがまるで違っている。

「ナイス・トゥ・ミート・ユー」

ミツオカ・ジョージもかすかに唇を開いて、同じ言葉を返した。ふたりが握手をすると、ふたたびカメラのフラッシュの嵐になる。ジャン・リュックが千晶にささやいた。

「ジョージはこのパーティーのあとも残ってくれるだろうか。きみは彼の番号はしっているのかな」

なるほどそういうことか。おたがいに同じ種族であることは、すぐにわかったようだった。ジャン・リュックが精力的なのは、なにも東京の視察だけではないようだ。

「わかりました。ジョージにあなたの意向を伝えておきます」

有名デザイナーのお供というのも、なかなか不思議な仕事だった。日本語のできないジャン・リュックのすべての面倒を見なければならない。デザイナーと俳優は雑誌のカメラマンの要求にこたえて、何度もポーズを変えて写真撮影を続けていた。ステージの隅に立ち、会場内の様子をチェックしていると、千晶の携帯電話が震えだした。フラップを開き、耳にあてる。

「千晶先輩、サプライズゲストが到着しました」

ステージしたからカメラマンが叫んでいた。

「こちらに視線をください」

どういうことなのだろうか。千晶は片ほうの耳を押さえ、声をおおきくして真貴子にいい返した。

「サプライズゲストって、ジョージさんのことじゃなかったの」

「それも、そうなんですけど、もうひとり呼んであるんです」

別なカメラマンが右手をあげて叫んだ。

「ジョージさん、今度はこちらのカメラお願いします」

千晶の返事は悲鳴のようだった。

「いったい誰なの、その人」

そのとき打ち放しのコンクリートの階段を、シチズン・オブ・フリーダムのジーンズがゆっくりとおりてきた。黒いスニーカーのつま先、パンツのラインはストレート。千晶と同じシチズンの新作である。うえは紺のジャケットに、清潔な白いシャツだった。大久保秀紀である。この人はいったいどうしてしまったんだろう。胸には赤いバラの花束を抱えている。結婚式場のポスターでもないのにいかれてる。千晶は携帯を耳にしたままフリーズしてしまった。ぽつりとつぶやく。

「……キリコ」

電話のむこうで真貴子が叫んでいた。

「そうなんです。わたしと靖弘さんと沙織さんで考えたんです。社長との噂のせいで、千晶先輩すごく傷ついていたでしょう。だから、このパーティーで一気に逆転しようって。わたし、先輩にないしょで社内に噂を流していたんです。今度のシチズンのパーティーに、千晶先輩がボーイフレンドを招待したって」

「ほんとうなの、マッキー」

「ほんとうも、ほんとです」

足が震えてしまいそうだった。秀紀はパーティー客をかき分けて、こちらにむかってくる。目はまっすぐに千晶のほうを見つめていた。ひどく真剣で、息苦しくなるような目である。

「だから、大久保さんに頼んだんです。千晶先輩を救えるのは、あなたしかいない。パーティーのときだけでもいいし、演技でもいいから、千晶先輩の恋人の振りをしてあげてくださいって」

千晶はステージの端からスポットライトのあたった中央を見た。ミツオカ・ジョージとジャン・リュックは悪ふざけして、肩を抱きあっている。初対面で意気投合しているようだ。真貴子も必死だった。

「千晶先輩には、大久保さんはすこしもの足りないかもしれない。でも、この場だけでも調子をあわせてください。それでものかげに隠れて嫌な噂をいう人たちを黙らせることができるんですから。それでいいじゃないですか。あっ、つぎのお客さまがきました。また、あとでかけます」

かかってきたときと同じように、いきなり通話は切れてしまった。いったいどうしたらいいのだろうか。迷っていると、大久保秀紀がステージのしたから、赤いバラの花束をさしだしてきた。こんなに真剣な目で男から見あげられたのは、いつ以来だろう。なんだか吸いこまれてしまいそうだ。

「真貴子さんからききました。千晶さんが悪い噂で悲しんでいる。力を貸してほしいって。でも、ぼくは今日、そのためにきたんじゃないんです」

ステージの周囲で歓声が起こった。ちらりと千晶が視線をはずすと、テレビの番組収録で遅くなったジェームズ木原が会場に到着したところだった。社長はまっすぐにステージにむかってくると、ジャン・リュックのとなりに身体を寄せた。新しく登場したセレブを撮影しようと、カメラマンたちはさっそく仕事を開始した。

だが、まわりにいるセブンシップスの社員は、デザイナーと社長ではなくこちらのほうに注目しているようだった。真貴子が流した噂が効力を発揮しているのだろう。

秀紀は花束を胸のまえにさしだしたままいった。

「自分でいうのもおかしいけど、ぼくたちはネットのなかですごくうまくいっていた。キリコとアキヒトとしてのぼくたちは完璧だったと思う」

夜を徹してたくさんの言葉をかわしあった日々を、千晶は思いだした。おたがいに同じ種類の魂をもつ人間だと感じていた日々である。千晶は黙ってうなずいた。

「オフラインではちょっと失敗したけど、それでもアキヒトが千晶さんでよかったと今は感謝しています。真貴子さんには演技でいいといわれたけど、ぼくは今日、本気です」

いったいなにをいいだすのだろうか。予測はついたが、それでも千晶の胸の鼓動は自分でもおかしくなりそうなほど速くなった。だが、秀紀のつぎの言葉は千晶の考えをはるかにうわまわるものだった。

「丹野千晶さん、ぼくとつきあってくれませんか。いや、これはなんか、違うな……」

秀紀は一番大切な言葉でもしっくりきていないようだった。真剣に考え直している様子である。この人はまじめな人なのだ。なにかに気づいたようで、ぱっと顔を明るくしていった。

「千晶さん、ひとり二役でぼくとつきあってください」

なにをいいたいのだろうか、この人は。赤いバラ越しに、男の真剣な顔が見える。

「アキヒトとしてキリコと、千晶さんとしてぼく大久保秀紀とつきあってもらいたい。男と女として普通につきあうのではなくて、その両方としてつきあってほしいんです。ぼくたちにはただの男やただの女なんて、きっと狭すぎたんだ」

千晶は息がとまるように感じていた。この三十年近く、ずっと女の子は女らしくといわれ続けてきた。世のなかが求めるような女らしさなど、自分には似あわないと心の底で感じてきたのである。ネットのなかで男性に変身したのも、そのキュウクツさから脱けだすためではなかっただろうか。千晶はぽつりといった。

「……秀紀さんと……それにキリコとして」

秀紀の目が輝いていた。

「ぼくはずっと思ってました。男も女もほんとうは、それほど違わないはずだって。男のなかに女がいて、女のなかに男がいる。それがあたりまえなんじゃないかな。千晶さんとなら、その両方であることを隠さないでつきあえるんじゃないか。ぼくはこれからずっと千晶さんを支えていきたいと思います」

一気にそれだけいうと、秀紀は夢から醒めたようにパーティー会場を見わたした。

「返事はすぐでなくていいです。じっくり考えてください。あの、腕がしびれてきたので、この花束だけでも受けとってもらえませんか」

自分のなかにいる女性と男性、その両方としてひとりの人間とむきあっていく。千晶には秀紀の提案が素晴らしいものに思えた。

「どうもありがとう、秀紀さん」

秀紀はにこりと笑っていった。

「これからはキリコと呼び捨てでもいいよ」

千晶も笑ってしまった。イエスとこの場で、すぐに返事はできなかった。だが、細かな気になる点は、夜中にでもアキヒトとしてキリコにメールできいてみてもいいだろう。あのよく気がつくキリコなら、どんな返事がもどってくるのかたのしみだ。バラの花束を受けとると、強い香りで目がくらみそうになった。

「ハーイ、千晶。どうしましたか。その人は恋人ですか」

ジャン・リュックはシャンパンののみすぎで、だいぶできあがっているようだった。

千晶がなにもいわないうちに、ステージした秀紀に手をさしのべている。

「きみもステージにおいで」

酔ったデザイナーは英語で話しかけていた。秀紀はわけがわからないまま、腰ほどの高さのある特設ステージに引きあげられた。ジャン・リュックとミツオカ・ジョージ、それに千晶と秀紀が四人ならんで肩を組んだ。あちこちでカメラマンが叫んでいる。

「こちらに視線ください」

「こちらのカメラにもお願いします」

千晶はなぜ自分が著名なデザイナーやスター俳優といっしょに写真を撮られているのか、わけがわからなかった。しかも、これからつきあうかもしれない人といっしょである。そのうえ、彼は大久保秀紀という名前だけでなく、キリコという女性名をもつ人なのだ。

男は女で、女は男。

それが新しい恋愛の形にほんとうになるのだろうか。いや、ほんとうははるか昔から、ハートはスペードで、スペードはハートだったのだ。男は愛嬌、女は度胸というではないか。

たたきつけるような光の洪水のなか、千晶はステージのしたに目をやった。いつのまにか真貴子がハンカチで目を押さえながら、こちらを見あげていた。

「最高ですー、千晶先輩。お幸せにー」

いつもの悪い癖でマッキーは人のことを早合点しているようだった。お幸せにというのは、婚約や結婚したカップルに贈る言葉ではないだろうか。名古屋巻きの真貴子のとなりには、靖弘と沙織が肩を寄せて立っている。靖弘が口に手をあてて叫んでいた。

「おーい、千晶。これで例のメールの出版、ちゃんと考えてくれよ。きっとベストセラーになるし、ふたりの結婚資金の足しにもなるからな。わかったか、約束だぞ」

千晶は昔のボーイフレンドの出版交渉など、きれいに無視した。にこやかに笑いながら、カメラマンにむかってポーズをつけるだけだ。そんなに先のことは、今この幸せを十分にあじわいつくしてから考えればそれでいい。

千晶はフラッシュの嵐に襲われ固まった秀紀の腕をとると、飛び切りの笑顔をつくり、脇役たちにむかって、やさしくさよならの手を振った。

解説

関口　尚

身につまされた。というのも、ぼくが四十歳にして独身であり、パートナーもおらず、恋愛方面にさほど意欲を感じていない現状だからだ。秀紀の恋愛への消極的な態度のくだりが出るたびに、共感と苦笑いが同時にやってきた。また、浮気を繰り返したカノジョと別れて三年が経《た》つぼくの境遇は、いよいよ秀紀に似通ってしまっていて、彼と同じように切実に考えてしまったという次第なのだ。

ありがたいと言っていいのかわからないけれど、小説家という職業に就いていると、女性から興味を持ってもらえたりする。適度な距離感とちょっとしたリスペクトを抱いて接してもらえたりもする。明け透けに言ってしまえば、周りに女性は多い。けれど、それと恋愛とは別の問題。線が引かれている。

もともとぼくも秀紀と同じように、男性としての生き方や価値観に息苦しさを感じていた。特に、実家のある田舎へ帰ったとき。同性の友人に会えば、みんな面子《めんつ》を気にしている。自分を大きく見せるために数字を持ち出す。いくらの仕事をやり遂げたとか、いくつ売りさばいたとか。目標として数字を掲げるのは嫌いじゃない。でも、達成した数字を提示して虚勢を張ろうとするなんて、かえって人を小さく見せていると思うんだけど。一度など妻をわざわざ台所から呼びつけてこう言ったやつがいた。

「今日おれが取ってきた契約の額を、こいつに言ってやってくれよ」

男ってヤだなと思う。奥さんが小声で金額（実はそうたいしたこともなかった！）を口にしたときの、耐えているかのような表情を思い出すと、いまでも胸がざわざわする。

というようなこともあり、ぼくは男性の集まりに入っていくのが苦手。男性のコミュニティにありがちな上下関係が背景にあっての悪ふざけもいやだし、嫉妬もむらっけも無骨さも遠慮したい。気づけば、友人知人は女性が多くなった。イラストレーター、フォトグラファー、シンガーソングライター、ガラス作家、菓子作り職人などなど手がけていることは違えど、表現を生業《なりわい》としている女性といっしょにいると心地いいらしい。

もちろん、ぼくだってこの居心地のよさから前進して、パートナーを選ぶべきだと考えたことはある。だけど、実際に女性と接していると引っかかりを覚えてしまう。なにに引っかかるのか。それは秀紀に言い寄った比呂の言動や考え方に見事に表れている。

「でも、何カ月かに一度、もう誰でもいいからセックスしたいっていう日があるよ」

例の爆弾発言だ。ゆるふわ系のかわいい女子のイメージがある比呂が、急にこんなことを口にしたら、ぼくは引いてしまう。端《はな》から下ネタも辞さない女の子だっていうならかまわないけど、どうやら比呂は違うようだ。抱いていたイメージに、ひびを入れられる。それがどうにも苦手だ。先走って家族計画を立てたり、嫉妬深げだったりするのも首を傾《かし》げてしまう。比呂はぼくにとってまさに敬遠したいタイプの子だった。

そしてぼくは実際に、生き方や、経済観念や、趣味嗜好や、言葉遣いなどからくる違和感によって、恋愛への道から撤退してしまう。萎《な》えて、引き下がる。しかもぼくは年齢が四十歳だ。恋愛と結婚はどうしたってセットでやってくる。好きだという気持ちひとつだけで、相手に夢中になれた十代の頃と同じようではいられない。数々の違和感が二の足を踏ませる。

結局、いまのぼくは男の中にも入っていけず、ひとりの女性を選ぶこともできない。なにもかも保留状態の宙ぶらりんというわけだ。まるで、物語冒頭の秀紀のように。

さて、ぼくと秀紀のシンクロ率の高さを示したところで、物語本編に立ち戻ってみる。秀紀は「キリコ」へと、千晶は「アキヒト」へと、インターネット上で匿名であるだけでなく、性も偽ってメッセージのやり取りをする。この設定の着想がすばらしく、物語の肝であることは首肯していただけると思う。

秀紀と千晶が素性を偽っている事実を、唯一知ってしまっているぼくたち読者は、このまま惹《ひ》かれあっていったらどうなってしまうんだろう、ねじれが解消されてうまいこと恋愛関係になるのだろうか、それともリアルとの違いに躓《つまず》いてご破算になってしまったりして、などなどはらはらしながらも見守るしかない。じれったくなったり、いっしょに焦ったり、見届けたくてページをめくる手が止まらなくなったりと、気づけば憎いほどうまい話の運びに乗せられている。

また、脇役の面々が物語上でそれぞれ役割を得て、次第に輪郭がはっきりしていくのがいい。靖弘と沙織なんてもはや特命と言ってもいいほどの命を受け、話のメインストリームに加わってくるあたりは、物語そのものにも大きなうねりが現れてわくわくしてしまう。

出会い方も、その後の展開も、新しい恋愛小説と言っていい。インターネットを登場させる恋愛小説は、最後にはさまざまな障害を乗り越えてリアルの相手を大好きになる、なんて大団円が用意されていたりするが、本書『ＲＥＶＥＲＳＥ　リバース』はそうした安易さに着地していないところもいい。このラストもやっぱり新しいと言っていいんじゃないだろうか。

では、この新しさの背景にあるものを、もう少し見てみようと思う。なにがこの新しさを生んだのか。

現代の多くの人が自分の心の声や素直な感情を、そのまま表に出せていないと思うときがある。ぼくの場合、男性のコミュニティに入っていけない。女性を誰かひとり選ぶことができない。

ぼく以外の多くの人たちも、なにかしらを胸に抱えながらも、相談する類《たぐ》いのものなのかと悩んだり、多くの人に投げかけたりするのは大仰と考えたりしながら、日々を過ごしているんだろう。

時代が移り、社会が変われば、心の内の本当のことだって変わっていく。男性社会なんて言葉はいつか古めかしくなる。男性的なマッチョな思想を持つコミュニティに、違和感を覚える人はきっともっと増えていく。また、いわゆる草食系男子たちは、不況や非正規雇用など経済力の低下によって増加していると考えられているけれど、外的要因に関してはあれこれ言われているわりに、当事者の心の声がきちんとすくい上げられているとは思えない。

つまるところ、現実社会の変化とともに心の内が変わっているのに、ぼくらには訴えるうえでのインターフェイスがいまひとつ乏しく、受け皿もない。なにより、新しい働き方にせよ、新しい恋愛や結婚にせよ、理想論は飛び交うくせに現実的なモデルケースがない。よって多くの人が変化の芽生えを内に抱えながら、結局は個人のまま身動きが取れないでいる。誰ともつながらないでひとりの夜を過ごしているのだ。

ここまで読んで、薄々感づいている方もいるかもしれない。『REVERSE　リバース』という小説は、恋愛や結婚や就労に関する価値観、それから意識が、現代的に変化した秀紀と千晶のふたりが、互いにふさわしい関係性を見出《みいだ》していこうとする物語と見ることができる。

秀紀はぼくと同じように、旧来の男性主導の恋愛や結婚に、いまひとつ現実味を感じられないタイプ。千晶は女性の社会進出が当たり前となったいま、結婚が最上の幸せとは言えなくなった世代の、代弁者的登場人物。仕事か、結婚か、といった揺れ動きよりも一歩進んで、仕事ひと筋でもかまわないといった気概がある。でも、プライベートにおいては、心の内を打ち明ける相手がいたらいいのにと考えるタイプ。

現実だったらふたりは、周囲にいぶかしがられながらも、ひとりで生きていく人たちだろう。そして、彼らはそうした人間だからこそ、なおさらパートナーと出会いがたいはずだ。

しかし、そこでふたりをつなぐ装置として、インターネットのメッセージが登場してくる。リアルの世界では口にできないような真情も、ネットというインターフェイスを通してならば、現実からの干渉もなくストレートに伝えられる。匿名性が手伝って、さらに秀紀と千晶は性を偽った。現実社会においての、男性らしさ、女性らしさ、といった性のありようからも離れて、相手の心に寄り添う言葉を伝えることができた。喜怒哀楽も愛も寂しさも、純度の高いまま届けられたのだ。だからこそ、プリントアウトされたメッセージのやり取りを読んだ靖弘や沙織が、心動かされ、瞳を潤ませたのだろう。

かねてより石田さんの小説には扉の印象があった。へえ、そんなことが起きるんだ、そんな展開なんだ、と窓の外の出来事を眺めるような小説ではなく、出口の扉へ自分たち読者もいっしょに向かうような小説。ぼくの好きな『4TEEN』でも、重いものを抱えている少年たちにきちんと扉が用意されていた。『眠れぬ真珠』においても、難しい恋愛にもかかわらず明るいほうへと扉は開かれた。そして、この『REVERSE リバース』でもお読みいただいた通り、扉の向こうには温かな予感が満ちている。

解説の冒頭でぐだぐだとぼく個人のことを書き連ねてしまったけれど、この物語に背中を押されてぼくも扉へと向かってみようと思う。秀紀と千晶は奇跡的な出会い方をしたわけで、現実にはそううまいことといかないだろうが、ラストでふたりが選んだ道と踏み出そうとする姿勢からはいろいろと学べるはずだ。女性の読者の中には千晶を我がことのように感じる方もいるだろう。読み終えて、扉へ向かってみようと視線を上げたところだろうか。そうした明るい想像をすると、この物語はまた楽しい。

本書は二〇〇七年八月、中央公論新社から上梓され、
二〇一〇年八月、中公文庫として刊行されました。

石田衣良の本

エンジェル

何者かに殺され、幽霊となった投資会社の若きオーナー・純一。記憶を失った彼は真相を探りはじめる。だが、全ての謎がとけた時、あまりにも切ない選択が待ちうけていた。

娼年《しょうねん》

虚ろな日々を送る大学生のリョウは、ボーイズクラブのオーナー・御堂静香と出会い、娼夫となる。様々な女性が抱く欲望の深奥を見つめた、二十歳の夏を鮮烈に描き出す恋愛小説。

集英社文庫

石田衣良の本

スローグッドバイ

失恋して心を閉ざした女の子、セックスレスに悩む女性、コールガールに思いを寄せる男性など、「恋する人たち」をやさしい視点で描いた10編の物語。著者初の恋愛短編集。

1ポンドの悲しみ

本好きな人にしか恋ができないOL、夫以外の男性にときめく妻、いつ同棲が終わってもいいように準備をしているカップル――。女性の切ない恋愛模様を描いた傑作短編集。

集英社文庫

石田衣良の本

愛がいない部屋

DV、セックスレス、出会い系サイト、大人の恋愛は光に満ちたものばかりではない。それでも人は誰かを好きになり、前を向いて歩いていく。高層マンションを舞台にした恋愛小説集。

空は、今日も、青いか?

人に勝ち組も負け組もない。きみはきみらしくゆっくりとすすめばいい――。働くことや趣味、恋愛から、世界情勢に至るまで、多彩な視点で今を切り取る著者初のエッセイ集。

集英社文庫

石田衣良の本

逝年《せいねん》

娼夫の世界に入って一年、リョウはボーイズクラブを引き継いでいた。美貌のオーナー・御堂静香が刑務所から戻るが、エイズを発症していて……。忘れられない愛を描く、傑作長編。

傷つきやすくなった世界で

時代の風が冷え込み、元気のない日本。格差社会といわれるけれど、心まで格差をつけないで——。窮屈な「今」を生きる若者たちに向けて、あたたかな言葉で背中を押すエッセイ第二弾。

集英社文庫

集英社文庫

REVERSE リバース

2013年5月25日　第1刷　　定価はカバーに表示してあります。
2016年6月6日　第8刷

著　者　石田衣良《いしだいら》

発行者　村田登志江

発行所　株式会社　集英社
東京都千代田区一ツ橋2-5-10　〒101-8050
電話　【編集部】03-3230-6095
【読者係】03-3230-6080
【販売部】03-3230-6393(書店専用)

印　刷　大日本印刷株式会社

製　本　大日本印刷株式会社

フォーマットデザイン　アリヤマデザインストア　　マークデザイン　居山浩二

ISBN978-4-08-745068-2 C0193